Not
Everything's
~~OK~~

路嘉怡 著 ///

当然也不是都那么水

Wuhan University Press
武汉大学出版社

亲爱的 ,

我把我那些 **不 O K** 的心事

让你知道你从不孤单 ;

当然也不是

都那么水

才 是

与你 分 享 ，

成脲脲 Not everything's OK

阳光背后的 阴 影 ，

我 们 成 长 茁 壮 的 避 风 港

Contents

当然也不是都那么水

目录

好友站台

关于
关于OK
他们的
人生
不同阶段

by —— **史丹利**

约会谈恋爱，当然 OK!

结婚？当然也不是那么 OK 了。

年轻的时候是这样想的，我一直觉得为了结婚而结婚是最愚蠢的事情，因为如果真的遇到一个跟他在一起生活会挺开心的人的时候，结婚不结婚也不是那么重要的事了。

但你还是会想要一直跟他在一起，甚至会担心再也找不到可以这么开心的在一起的人的时候，或许想法就会慢慢改变了。

现在的我，结婚，或许是 OK 的; 但，生小孩，绝对就没那么 OK 了啊!

by —— **GiGi 林如琦**

因为不爱会死，所以老妹我总是奋不顾身地奔向每段恋情，以至于型男怪人、长不大的男孩、大魔王等都遇过，结果当然也不是都那么OK，但也就因为这么多的不 OK，让我在这趟爱的旅程更加认识自己，更知道自己想要的，何尝不也是种 OK。

by —— 林暐哲

一个活得很真实的人，必定对自己生活里真正在乎的每一件事情都"玩真的"，管它爱情还是婚姻，旅行还是蜜月，主持还是写作，小米总是善用天生的聪明可爱，来完成她心中真正的渴望。可想而知，不是每件事都顺顺利利地如她所愿。

每当发生她觉得"也不是那么 OK"的状况，她终究会启动她独有的无理取闹，把心中过不去的种种不 OK 昭告天下，这样她才会心甘情愿。这才是她真正的追求，O 不 OK，都要无怨无悔！

记得小米诚心地告诫过我，狮子座的女生不能糊弄，我是真的懂了。你呢？

by —— 范玮琪

就在进入婚姻第五年开始的此刻，就在正感叹着刚结婚时跟丈夫天真乐观的约法三章"老婆说什么都是对的""吵架时千错万错都是老公的错"已经不合时宜也不够使用之时，小米的《当然也不是都那么 OK》出现了！再一次的，字字血泪，读得我心有戚戚啊！

小米老是就这样子戳中我内心深处的感情独白，我就那么贴切地在她的婚姻故事里找到认同找到体凉找到和另一半相处的智慧，啧啧啧~小米你是属于女巫还是先知的那类人种吧！一定是。

by —— **许茹芸**

在你决定要开始人生另一个新阶段的"心灵探索旅程"时，首先你必须先找到一个"对的人"。

何谓那个"对的人"？即是你可以在他（她）面前舒服地做自己，畅所欲言地分享内心真实的想法，懂得倾听你的感受，包容你偶尔的小任性，欣赏你时不时的孩子气，当你哭了他（她）会在一旁帮你擦眼泪和擤鼻涕……

如果你遇到了这个人，请你一定要狠狠地抓紧将他（她）留下。
当然也不是都那么 OK，因为你们还需要彼此一起努力，一起将对方带领到更高更远的地方。
（此文证实为老妹无误——签名加盖章！！ XD！）

by —— **张震**

是的……我当爸爸了。

嗯……是惊讶是不可思议是睡眠不足、是开心是温馨也是担心。一位朋友曾经分享他的父母经，他说，"父母在看小孩子的时候，其实就像是在照镜子。"你希望自己受到怎么样的对待，你就会怎么去对待自己的小孩。

这话确实值得玩味。

家中自从有了新成员之后，每天都有新鲜事挑战，也不断地去检视自己，是开心也好，睡眠不足也罢，其实是我希望她健健康康就好。

by —— **黑人 陈建州**

我一直觉得小米是很棒的女生，每次工作只要遇到她，我就会很放心，因为她总是做足功课并且非常专业。但更让我有不同感受是去年我跟范范和她还有小汤去夏威夷，才看到她十分小女人的一面！小汤跟小米是很有趣的组合，像这样漂亮的女生（啊，我不是说小汤不帅啦！）他们之间的互动，是很有意思的夫妻相处之道，这本书，小米书写了很多值得女生们学习的信息。

当然也不是都那么水

认真的小米，同样在这本书里，用她尽情挥洒人生的态度，书写下每一刻。

所以你说 OK 吗？当然很 OK，她的认真，让我大力推写这本书，一定要看。

by —— 苏慧伦

真的要等 Baby 生出来了，才知道自己是个怎么样的妈……

那种不论碰到什么事情总可以淡定的，酷酷的表现，完全瓦解！

之前那些当妈的美好想象，很容易就被意料不到掌控不了的情况给淹没，现在的每一刻都是实战经验。

这一定是我生命中冲击最大的一件事了，一个从此切割不开逃避不了的生命，就这么开始与自己紧密地联击着……

然后，在种种的混乱焦虑中，某一天忽然得到了一个把你甜到融化的笑容，周遭的云开了，雾散了，嘴角不自觉跟著那个笑容的线条走了，你开始了解什么叫作心甘情愿，什么是无条件的爱！

所以，当然也不是都那么 OK，但是那些不 OK，都是拼凑成那个叫作幸福的其中片段。

当然也不是都那么水

接连出版了两本甜死人不偿命、颂扬吹捧爱情的作品《不爱会死》和《不玩会死》之后，这瞬间，突然发现，自己的肩膀上似乎该有一些社会道德上的责任了。当然也不是什么严肃古板的议题，只不过，也许该是时候，赤裸地揭露那些人生中"也不是都那么OK"的实事了。

那些女孩儿女人们哪，憧憬着爱情却涉世未深，所以就这么傻傻地以为了，爱情是永远发着光的粉红光晕，两个人在一起就是你爱我我爱你。殊不知，美丽的爱情除了建立在海枯石烂的不渝承诺之外，还必须经历许许多多（年少时绝对无法想象）的现实考验。谈恋爱绝对是一生的大事，也像是一场永远看不到终点的障碍赛，一关过了还有下一关，一关也比一关更艰难更有挑战，最后只有智慧和不停歇地自我修炼可以引领我们走向真正的幸福美好。

在写这本书时，花了比之前更多的时间，也经过了前所未见的痛苦挣扎，而后，终于破茧而出，成为了翩翩飞舞的美丽蝴蝶。这样曲折的过程，也让我更加确认，我要继续写，要将这样的心得，写给所有曾经跟我一样彷徨无助而沮丧的人看看。

我想，这其中最主要的原因，还是来自于我与之前截然不同的人生状态。第一是，我是个进入婚姻状态的女人了。虽然我老嚷着结婚真的是一件很幸福的事，但进入真实婚姻状态后，不仅有许多平凡生活里的繁琐小事，更有那些一不小心就会擦枪走火的夫妻日常摩擦。还有，大家最关心的，结了婚，好像就该准备生孩子了。我们真的准备好生孩子了吗？我们心理上准备好迎接我们之间的第一个"第三者"了吗？然后，如果生不出来，怎么办？

当然也不是都那么水

除此之外，对于女人而言，年龄也绝对是如同那卡在孙悟空额头的紧箍咒，平时日子一天一天过也不碍事，但只要一想到、一说到甚至是没睡好时一照镜子，头就马上隐隐作痛。是的，我满四十岁了，这听到就令人不禁浑身发抖的可怕数字。

于是我在如此内忧（年龄）外患（婚姻）的状态下写着，我的手指带领着我，在深夜不停敲打着，早已磨损到看不清字母的键盘。然后，我慢慢在文字中整理了思绪，找到了出口，终于，让明媚的阳光又洒满了我的满身金黄。

当然也不是都那么 OK，是一句没有人会告诉你的实话，尤其是在现今社交网络发达的生活里，我们永远只会看到别人极度美好亮丽、令人羡慕的单一面向，而关上门后，每个人都有自己难解的问题，可从不愿让人知道。

亲爱的朋友，我把我那不OK的心事与你交换，让你知道你从不孤单，阳光背后的阴影，才真正是我们成长茁壮的避风港。人生是一场很漫长的美好旅程，沿途风景，我们一起细细品味思量。

最后要提的是，这本书在台湾出版之后，发生了许多意想不到的好事，除了读者们的幸福回报之外，书里《小壮弟的推销文》中单身十几年的小壮弟，在此书出版当月，就交到了一个可爱美丽又善良的好女孩；《现在都没了，我们要说什么未来？》当中的男女主角竟然奇迹似的复合了，并且正在筹备婚礼；《白沙发》里的女主角，现实生活中一直坚持不婚主义、现在却遇上一个让她愿意托付一生的对象，而且，竟然已经结婚了。当然还有，我，比当时更幸福快乐（笑）。

当然也不是都那么水

我一直在想，如果可以的话，如果这本书真有那么神秘的幸福能量的话，我希望通过它，把这美好幸福传递到更多、更远的地方。于是心想事成的，简体版的《当然也不是都那么OK》要跟大家见面了，我定会持续祝福着，每一位读到这本书的人，当作对你们支持的真心回礼。

当然也不是都那么水

推荐序

既然回不去
就往前
走吧

灯光昏黄的小酒馆里，一个本来以阳光欢乐闻名的女生，表情里露着一点点哀伤，坐在吧台跟朋友聊着天，手惯性地一片一片撕着杯垫。一个初出茅庐的小伙子，轻轻地拍了女生的背，还被女生一旁的朋友，上下打量了一下，似乎有种地盘被侵略的感觉。

小伙子鼓起勇气，提出了工作上的邀请，并且跟女生先告知可能会谈到众所周知的恋情。

女生有意无意地露出为难的表情，小伙子好奇地问了："你们该不会是……？"

女生苦笑著点点头，"嗯……我们分手了……"

小伙子讶异得只能回答，"真的假的……"

我很喜欢看跟时光旅行有关的电影，从小时候的"回到未来"系列，到后来的《蝴蝶效应》。

小至完全没有特效的《真爱每一天》，大至隔了三十年，四十岁的

阿诺变成七十岁的阿诺，还是可以一直演一直演的《魔鬼终结者》。

可以穿梭时光、回到过去或是到未来看看自己老态龙钟的样子。

但常让我不解的却是，电影里的男人们，可以靠着回到过去的手段，

用理性的逻辑，改变任何事情。

改变自己的样貌、改变别人的人生，甚至阻止地球的毁灭。

但他们用尽办法，回到过去、奔向未来。来来回回，唯一改变不了

的却是女人的"感觉"。

我看了好多部类似的电影，加上用了自己十年的人生，我才了解，

原来——

这种别说用钱买不到，连有时光机器都搞不定的事情，就是女人心

当然也不是都那么水

目中的"爱情"。

十年了，男生跟女生，一起经历了所有爱情里应该有的不应该有的
"感觉"。

那个十年前的小伙子，知不知道自己只是多问了一句话，就改变了自
己一辈子的人生？

要是他知道这一切不一定这么 OK，他还是能像初生牛犊一样的信心
满满吗？

我相信，如果小伙子可以回到过去，他会站在远方静静地看着，用一
种忍着不要笑出来的态度，看着这一切平静地再发生一次，就这样再
发生一次。

也许不会 OK 得像童话故事一般，但至少，比什么都没发生一定 OK
得多了吧！

当然也不是都那么水

当然也不是都那么 OK，是当我开始着手写这本书时，最难以克服的关卡。

当然也不是都那么 OK，是我跟编辑好友拖稿的一贯理由，很无赖却真实。

她总是体贴地点点头说，"好，我可以等你。"只是我想，三十多岁的她，一定无法真正了解，这个充满挣扎的、有无奈也有欣喜的人生的新阶段。

有时就像那只又被毛线球缠住的猫咪，也是自己爱玩，却一而再、再而三的重蹈覆辙，虽是不同捆花色材质的毛线球，却依旧被困住了。

这回被什么困住了呢？也许是婚姻，或者是年纪，而庸人自扰不已。

首先来说婚姻这回事。

那许多来自于别人的故事、关于失败婚姻的心理恐吓，并不会因为自己结了婚，甚至感觉婚姻幸福而消失。那些恐吓如同深夜里的鬼故事般，总是会在你感情脆弱的时候，在脑海中发酵、扩大、进而全面席卷你的意识。甚至你会愿意像个悲剧英雄般地相信，这的确是个诅咒，我们的爱情，就如同那些人所说的，在踏上红毯的那一刻，也走进了坟墓。

也许只是为了一件鸡毛蒜皮的小事，就这么自导自演、按着别人口中的剧情走法，把轻松爱情生活小品编成了一曲凄美史诗浪漫大悲剧。可回头一看，观众早已全都打着哈欠跑光了，只剩下自己那样可笑地顾影自怜。

其实，从结婚之后，就有很多朋友急着问我，"结婚好不好？"当然结婚好，但结了婚还是一样有着那些谈恋爱的困扰啊，也多了

当然也不是都那么水

些结了婚才懂的甜蜜与安定啊，我老是这样回答。这个问题就跟"谈恋爱好不好？"是一样的意义，它没有必然的答案。如果一定要我给个答案，我只会说："这是一个非常值得尝试的进阶恋爱方式，有趣也充满挑战。"

当然可以选择在婚后把所有恋爱的问题都推给婚姻这纸合约，或是你说，这样的形式。但同样的，我们也可以选择在婚姻里面解决所有爱情的困难。说实在的，很多时候，"婚姻"背上了好无辜的黑锅，连我都曾经困惑。

只是转念之间，拨云见日之际，终于是还了婚姻关系一个清白。

再来谈谈年纪。

四十岁听起来是个好可怕的数字，比三十岁可怕多了。四十岁代表了身体机能包括健康美貌身材一定毫无疑问地走向下坡，是缓降坡或陡降坡就靠自己努力了。四十岁代表（无意外的话）人生过了差不多一半了，什么梦想呀抱负呀即将成为脑中空洞的绝响，对未来好像也没什么好期盼的了。最可怕的是，四十岁的女人，你再不好好考虑生孩子的事，可能就快要没有机会了。

不论是生理上或心理上，四十的确可以是一个把人逼向绝境的数字。

只是当我环顾身边那些快乐豁达的姐姐们，我又看到了一个全新的美丽世界。"如果说，过了三十岁后会活得更笃定，那么过了四十岁，就会更淡定了。"姐姐们如是说。

当然也不是都那么水

渐渐地，四十岁过了半年，终于嗅到点儿那样的味道，慢慢体会云淡风轻的心境，很多事情没有了年少时的坚持，那尖锐伤人刺猬的刺软化成像是硅胶的弹性，容易放过别人也更加能够放过自己，这世上没什么大不了的，所有的情绪开始朝向内在寻求解决的方法。简单点来说，"学会和世界和解的方式"应该是比较贴切的表达。

然后开始吃中药调养身体，于是开始努力健身创造从未有过的漂亮体态，决意放弃那长久以来自恃的美好天赋而努力着，这是我四十岁的开始，从未体验过的美好，那走过低潮幽谷后的向上爬升，比天生的优势更加迷人踏实。

当然也不是都那么 OK，这状况一定会持续在生命中发生，只是我终于懂了，这是人生的常态，无关婚姻，也无关年纪，而现在的我，又多了一点智慧来面对困境。

当然也不是那么水

于 是 你 们 找 我
讨 论 爱 情

Chapter 01

当然也不是都那么水

于是你们找我
讨论爱情

因为写了一本关于爱情的书，很真实地掏心掏肺写下了一些发生在身边的爱情故事，于是，身边渐渐出现了一些，找我讨论爱情的人。

我当然是高兴的，因为也许人们在文章里看到了很多感同身受，特别是那些身为女孩们才会懂的细枝末节，常常是我们不知如何表达，却在百般反复推敲之后，才能稍微用细腻文字传递出来的感受。我们就好像参与一个秘密计划的成员那样，对于很多只有我们懂的小细节、小眼神而满心欢喜地穷笑着，因为我们知道，在爱情里的疯狂模样，其实一点都不孤独。

但是我怎么给出答案呢？

就像我其实很怕上一些节目的通告一样，你总得在短短几句话当中，答出令人印象深刻的答案，不论是拍案叫绝，或是惊世骏俗，反正总得在很短时间口吐莲花，然后像打乒乓球那样，和主持人一来一往地过招，甚至演出精彩绝伦的扣杀。我觉得自己大部分时间是做不来的，我有颗很容易纠结的脑袋瓜，在听到问题之后，总是会直觉性地试图进入每个不同立场的观点，想着想着，就复杂了。所以我发现自己无法达成三言两语就可成就出来的精辟，在电视节目中，经常看起来像个傻瓜。

对，就是个傻瓜，我只能傻傻地去经历、感受、思考，然后整理出事件的所有脉络，最终学习到些什么。

这阵子，我得到了好多人的珍贵故事，不论是通过网络，或是一些与读者仓促的见面，甚至身旁的朋友，以往那些问我哪里买这、哪里买那的朋友，也开始跟我讨论起了他们的爱情。

我能做的大半还是倾听，然后，站在他们故事中另一个主角的立场上，去想象这故事可能的完整样貌。

但我还是无法给出任何建议啊，每个故事都有因为不同主角而形成的长相，就如同我说的那些小细节，失之毫厘差之千里的决定权，从来都不在任何一个外人的手上，顶多顶多，你只是

当然也不是都那么水

需要一个人，来确认你心中的想法无误，你需要鼓励和勇气，去做那些你早就打定主意要做的事情了。

最终我还是对朋友说"Listen to Your Heart（倾听你的内心）"这老生常谈却又非常实际的话。我说，认真想起来，我天生是个用心多过用脑的人，我常常用我的心带领着我的行为和决定，所以难免有时候看起来有点疯癫，但却很少会后悔。仔细想想，除了面对一些需要条理和逻辑的工作之外，我很少主动性地使用到我的脑。再怎么说，大脑运行的是理性思考，而人生，却不是理性思考就可以圆满的，当然像这样被感性占据的人生，也有它过与不及的问题，那就改天有机会再来聊吧！

于是你们找我讨论爱情，我请你们倾听内心的声音。

　　　　　　　　　　　　于是你们找我讨论爱情

现在都没了，
我们要说什么未来？

因工作关系遇上了个男生，他看来腼腆内向，却又有摄影师专属的敏锐感知和不凡品味，我改不了偷偷观察人的小习惯，隔着我们之间的那颗镜头，不断在心里揣测着他究竟是个什么样的男生。

后来，在工作空当的闲聊，才知道他刚刚结束了一段长达十年的感情，他的心碎透过那双看来快要哭坏的眼睛表露无遗，他说心好痛，他说他真的不知道为什么十年的感情那么不堪一击，他说他已经努力改变了那么多，为什么却是徒劳无功。他说，原来她的身边出现了一个新的他。

于是暂时抛下工作上的身份，我们聊着，其实看着别人心碎，即便是素昧平生，也是非常难受的事。也许他想说，或者单纯需要被倾听，也许我们不一定会再相遇，但这短短的几十分钟，是我唯一可以给他的支持，就专心地，听着他说。听完他的故事，我没有给出任何建议，我一向不喜欢以外人身

当然也不是都那么水

6

份去评论任何只属于两个人的感情问题。提供了一些自己面对失恋的好方法，之后我只说了一句，希望他在未来面对爱情时可以提醒自己，也可以避免重蹈覆辙，他听了之后，身体不自主地往后跟跄了一步。

我说："不论在一起多久了，一定要记得，在爱情里面，我们每分每秒都还是要小心翼翼啊！"

这是我一直认为男女之间的大不同，男人在进入稳定感情期之后，某种程度上就会想像个成熟大人那样，把精神心力都放在建筑规划美好未来的蓝图上。他们可能会想要给你最好的生活，努力工作赚钱，闲暇时间也被满满的应酬或是回到家的疲惫取代。当爱情遇上现实生活里的油烟味与扫不尽的尘埃，男人忽略了两人相处上的细致温柔，更别提什么当初让女人心动落泪的浪漫惊喜了。所以相遇时的偶像剧演成了十年后的乡土剧，那些男人以为已用这么多年时间上紧的爱情螺丝，就在这样粗鲁的日常对待当中慢慢松脱了，直至男人们举着旗子、吹起号角说"就让我们向更美好的生活迈进吧！"的同时，回头才发现，原本牵着的那只手早就在粗心大意中，松开了，遗留在满满回忆的泛黄相片之中。

女人是这样的，就像我家大个儿老是说我，"你太活在当下了，什么事情都是被当下感觉主导，缺乏全盘理性的思考，以及对未来的展望。"

但女人还是这样，我们只能感觉当下，我们被情绪掌控，我们需要那些很微不足道的、很细腻的爱，我们必须通过如此的仔细检视来确认爱情的存在。那些男人口中的"动辄得咎"，也许就是女人对你"莫忘初衷"的提醒。

如果一旦感觉爱情不见了，那样的慌张，也许男人永远无法想象。
因为，如果现在都没了，我们要说什么未来？

当然也不是都那么水

他
可爱的时候
很少

"他可爱的时候很少，如果跟他在一起的时间是一整场打到加时赛的世界杯足球赛，他可爱的时间可能只有每次广告必夹带的五洲制药当中、可爱粉红小猴子 Pinky 出来唱歌的那几秒。"

我对面的女孩又好气又好笑地这么跟我说。

我们俩在午后的咖啡厅相视大笑，美好的阳光让我们的笑容带上了点少女专属的青春大无畏，虽然深知青春它正慢慢走远，但我们却从来不曾匆忙，特别是在约会、谈恋爱这些事上，还是那么偏执到无可救药。

也不，在约会时收集多一点的可爱，在交往时要求少一点的讨厌，好像就是对现实世界的妥协。

"而我们自己可爱的时间多吗？"在笑完闹完之后，这问题想得我有些许的头皮发麻。

原来"搜集可爱"这件事是恋爱开始的动力，更是维持美好恋情的关键，只是在长久关系当中的恋人们却经常忽略遗忘了。

此刻的自己，脸上敷着厚厚绿色的深海藻泥，为了跟额头和下巴的大痘子奋战，头发用弹性发带统统往后束起，穿着没那么白的白背心、军绿色破损短裤，电视机无意义地播放着根本不想看的节目，只是为了让家里有点热闹的声音，我的一只脚豪迈地跨在椅子上，电脑在凌乱的餐桌上找到一个勉强可以放下的空位，双手在键盘上打着字，正在描述这个血淋淋的残酷景象。

可爱吗？一点都不可爱。

原来我们根本忘记要继续保持可爱，因为我们总说着爱情就是包容、爱我就要爱我的全部，我们以为只要有爱，什么困难都可以解决。但是如果自己不可爱，又有什么资格要求别人始终

当然也不是都那么水

如一地爱着呢?

我想到好久好久以前,在爱情初始的约会阶段,每天为了出门要穿什么翻遍衣柜、伤透脑筋,男友要来家里认真打扫到窗明几净,还不忘点上香味蜡烛,想了好多可以敞开心胸畅聊的各式话题,话也说得小心翼翼,表情更是古灵精怪又百转千回,若真忍不住想翻白眼还是会撇过头再尽情地翻,总之,就希望这个可爱的男生会被迷得神魂颠倒,以为自己中了大乐透、遇上了万中选一的完美女孩。

然后这一切,随着彼此的熟悉、信任、甚至是单纯光阴的耗损而消失殆尽了。身上的衣服连穿了两天也不在乎,家里的整洁是三天打鱼、两天晒网,香味蜡烛的味道早已换成了为了调养身体而挥之不去的中药味,至于聊天话题,这么多年该聊的都聊完了,别几句话就吵起来就好,还有表情呢,我真的不敢想象。

我们的可爱被懒惰吞进了肚子里,连根骨头都不剩。

于是夜深人静,想到这句话,还是笑了却也快哭了。

如果，我们不希望爱情只剩下柴米油盐酱醋茶，那就别像个隔壁大妈那样吧。找回自己的可爱，然后提醒自己，要保持初衷，继续当个可爱的女人。

当然也不是都那么水

幸福传染病

突然发现幸福是会传染的，像是一种传染病，并且可以无限地蔓延。

记得曾经看过一组统计数据，意思大概是说，如果跟肥胖的人做朋友，自身肥胖的概率会比一般人高出许多。以我所理解的范围来解读这件事情，不过就是因为朋友相聚时的用餐、生活习惯以及互相影响的价值观而造成了体形上的改变，甚至是审美观的判断，合情合理地出现了这样的结果。那不过就是老祖宗说过的"近朱者赤，近墨者黑"。

只是近来，我发现身边的幸福也开始传染，不用精密的数据调查，因为美好的感情开花结果每天在上演着，爱的正能量持续并且以几何级数强烈成长着。

当然也想过可能是因为我们年纪到了。仔细想想，我身边这群跟我一样爱好自由、及时行乐的朋友们，早已过了而立之年，在迈入不惑之际，终于，开始想要尝试走向不同的人生风景，虽迟了一些但终究也开始勇敢。

是爱情的力量吗？或是一些你曾以为遥远的美好想象的真实实践？
我想这是两者加乘的结果。

曾经我们都看过彼此在爱里面受伤的模样，然后我们抱头痛哭，说着："这辈子有这群好朋友就够了，我再也不要谈恋爱了！"但我们却又一次一次地坠入爱河，之后是可想而知的遍体鳞伤。当我们以为这辈子根本不可能拥有幸福的时候，那个人竟然出现了，身边的朋友为了保护你，设下了层层挑战关卡，而命中注定那位无辜的倒霉鬼就得这样过关斩将，杀出一条血路，而最终让你相信自己也值得拥有幸福。

这些我们彼此都看在眼里呀。所以我们在朋友的婚礼上激动落泪，我们真心祝福，那些所谓的"要幸福一辈子喔！"不仅仅是口头说说，而是一种真心的交付。因为你们的幸福，承载了所有朋友对永恒爱情的盼望，在心里最深处的那一块，易碎的地方。

然后我们都幸福了，这不再是天方夜谭，就算身上混合了那

当然也不是都那么水

种洗也洗不去的家常味道，真切而平凡的幸福，浮现在每张因爱而成家的脸庞上。那种气味很难用言语形容，瞬间觉得，大家都改变了，变得更加平稳安定，有一股强大的内在力量支撑着，以前身体上所有因为不安全感而生的刺，因为被爱而柔软了，甚至消失得无影无踪了。

一个接着一个，一对接着一对，幸福就这样地发生，多么美好。

于是幸福开始传染了，不是凑热闹般地模仿着别人生活的成功模式，而是从心里愿意相信了，心柔软了，爱就更靠近了，不论是单身或是有伴侣的朋友们，或多或少重写了未来的人生蓝图。

也许有一天，我们都会跟另一半牵着手白头到老，或是有个可爱善良的孩子，丰富了原本单调的生命色彩，我们再次拾起了内心原本已被现实磨损而放弃的美好愿景，就这样，带着微笑，往幸福走去。

幸福传染病

如果这都不是恋人，
那什么才是恋人？

小布刚刚从印度度假回来，跟好友阿刚一起结束了两周的自助旅行。从决定出发、行程中拍照上传美景、回到家里、直到现在，每个人都偷偷地却又非常热烈地在讨论着——他们俩，在一起了吗？

耳语像是嗡嗡嗡的小蜜蜂，飞到西又飞到东，他们的朋友工作族群人们，一圈子一圈子的朋友互相交叠、重复、传染着，相同感受互相加乘，再多一点点免不了的添油加醋、浪漫幻想，嗡嗡耳语早已渲染成了"猫在钢琴上昏倒了"的城市传奇，像是滴入透明油彩中的一点红，缓慢地、诗意地、不着痕迹地，往四周晕开了，贝多芬的命运交响曲响起了，再回神一看，这一缸无色的油彩已晕染成了淡到几乎看不见、却像那铺了满地的樱花绯红，野火已经燎原。

当然也不是都那么水

16

"如果音乐是爱情的食粮，请继续演奏。"①

看着带着满身阳光回来的小布神清气爽地现身，我忍不住带着笑意，等着。

"我要听故事！"我说。

"没什么啊！"可想而知的小布式标准回答。

"反正我一般都是一个人旅行，多了一个人我还常常忘记他的存在呢！我都没管他耶，他超级傻眼！

"他很白痴啊，每天都是睡觉跟拉屎啊！

"就把他当作一个生物在旁边，而且他是来分摊旅费的，这样想，很多事情就很好啦。

"我对他无所求啊，所以看什么都很好笑，要是我是他女友我应该会抓狂。"

小布噼里啪啦地讲着，满不在乎的表情却又笑得开心，我跟着她的故事细节哈哈大笑，脑子却不停地转着，现在到底是个什么情况。

——————————

① 注：莎士比亚名言"If music be the food of love, play on."

如果这都不是恋人，那什么才是恋人？

这其实是一个很奇妙的心理状态，当那些你认为很有可能是真相的事情，就这么大刺刺地、毫无遮掩地摊在眼前的时候，你反而会正经八百地反复思量。不像那些偷偷摸摸的事情被不小心揭穿时，你倒是可以理直气壮、光明正大地跳出来笑闹、打趣都好，一点儿都不觉得有什么好为当事者害臊的。这是人性，也是此刻让我百般狐疑却不敢打草惊蛇的主要原因。

如果这不是恋人，那什么才算恋人？

小布说着，在旅途中，有天深夜梦到了那个曾经让她痛彻心扉的前男友，隔天醒来，她只跟阿刚说："你可不可以坐在我旁边，让我靠着，什么话都不要说？"这个心碎的女孩就这么靠着身边这个傻乎乎的男孩，不发一语，时空好像停留在那个片刻。

一定有些什么，比一般男女好友间多了一些什么。可以在十几天的辛苦旅程中形影不离而相看两不厌，彼此看到了彼此身上一些从未被别人发现的优点（笑点），或者，某些别人眼中的缺点却成了可爱之处。只是这个"什么"到底是"什么"？

当然也不是都那么水

我说这就是暧昧，她说她从来都是二分法——有恋爱感或没有恋爱感，从不跟人暧昧的，遇上这种状况也是丈二金刚摸不着头脑。

"那什么是暧昧呢？"她问。

"暧昧就是，嗯，比灵魂诚实的身体会不由自主地想跟他有些肢体碰触，看到他会有点开心（但也只有一点），什么事都很容易想到他，也许还没有恋爱的感觉，但跟他在一起总是感到安心满足。"我就这么简短地为深奥的暧昧下了一个生活化的注解。

暧昧呀暧昧，那是恋爱中最难熬也最美好的时期。

暧昧总是在你没察觉的时候偷偷探访你的心，埋下一颗未知的种子，于是每次看似日常的朋友相处，都成了为种子灌溉水分与养分，时多时少，有时异常开心的经验还补充了珍贵肥料。而种子呢，它也许需要一个月、半年甚至更久，才会慢慢发芽、开花、结果。但也有可能，这颗种子会像被埋进树洞里的秘密，永远不会有见天日的一天，如同我小时候养的那只蚕宝宝，结了茧，却怎么也不见飞蛾破茧而出，变成永远藏在心底的一个未解的谜。

只是暧昧中的男女，有时候会像呆子，因为想到对方而莫名
地笑出来，也有时因为对方身边出现了新的可疑爱恋对象，
而感觉不太自在，还要死鸭子嘴硬地帮忙起哄凑趣。暧昧的
男女自己的心都搞不清，甚至时常想着我们其实根本不适合
交往啊，但不由自主的言行举止却泄漏了好多自己看不到的
秘密。

暧昧是弥足珍贵的爱情历程，"不在乎天长地久，只在乎曾
经拥有。"这句俗语，用在暧昧这里就更为贴切了，究竟结
果是什么、会不会在一起，已经没那么重要了。这过程中的
欢笑与刺激，患得患失的情绪、甚或是发觉彼此感情神秘的
进退消长，有时真的比正式交往后的关系更令人难以忘怀。

"就别多想了吧，别管其他人怎么说，如果现在的状态是舒
服的，那就继续着吧！也不要急着定义这个关系，先这样吧！"
说到这，我必须老实说，我还是无法相信谈过不少恋爱的小
布，竟然是个暧昧界的菜鸟。

这一对傻里傻气的男女，在我看来更像是黑色喜剧泰斗与宠

当然也不是都那么水

物明星的组合，即使在旁人眼中早就看似一对恋人了，还是坚持着自己的节奏步调，慢慢摸索，或者说是享受着，属于他们未完待续的旅程。

主角说
小布："有时候爱情少了点元素，是不会成立的，不过，很高兴那趟旅程有阿刚，然后，我到现在还是搞不清楚暧昧是什么东西啊！"

如果这都不是恋人，那什么才是恋人？

十二星座的
四字箴言

我有两三个朋友，简单说起来算是街头实战组的星座专家。
我们喜欢研究讨论星座，虽不是学院派，但在我们与人相处
的点滴中，从来离不开星座话题。从交朋友、谈恋爱到面试
员工、职场文化、餐馆点菜、酒店喝酒，都要问问对方是什
么星座，然后再从他的言行举止去对照举证星座与实际行为
的黄金交叉有多少。

我们最喜欢的事就是打赌来猜猜不认识的陌生人是什么星座。
记得有次从台北一路玩到台东，我们一路上不论见了谁都赌，
火车售票员、饮料摊小贩、餐厅老板娘、饭店柜台、咖啡厅
服务生……只要交谈超过三句话以上的陌生人，就来打赌。
于是整趟旅程，有的人散尽家财，欠下了比旅费还多的赌费，
有的人荷包满满，笑得合不拢嘴。我通常猜男生比较准，三
次机会以内命中率高达百分之九十五。

在某次酒兴高昂的聚会里，我们一口气地灵感大迸发，完成

当然也不是都那么水

了属于我们出品的星座谈恋爱四字箴言。这个四字箴言，就是用最简单的四个字，来表述每个星座在谈恋爱时的特性，这四字乍看或许会有优胜劣败之分，但实际上都是有好也有坏的中性形容词，列完了全部之后，自己都拍案叫绝。

1. 水瓶座"都是朋友"——水瓶座是个博爱的星座，不论对于曾经的深爱、心目中的真爱或是露水姻缘，他对外一律称是云淡风轻的"都是朋友"，真正不同爱的重量与分寸，只藏在他不愿让人窥探的内心深处。

2. 双鱼座"装模作样"——双鱼座的柔软美好众所皆知，男女皆是。但柔情似水的双鱼，在爱情里面，经常为爱壮烈牺牲却故作坚强，抑或为了爱情，可以为了对方改变一切而成了另一个模样，令人心疼又爱莫能助。

3. 白羊座"天真无邪"——白羊座是一个专属于儿童的星座，不论几岁的白羊内心都依旧像是天真无邪的小朋友，在他们单纯无邪的思维里总认为，就算自己不小心在爱里犯了错，也只能说是因为太过天真（摊手）。

4. 金牛座"作茧自缚"——金牛座的固执自我与不擅表达，在恋爱关系当中，时间一久，很容易让彼此的感情产生特殊的质变。在遇上问题的时候，只好又慢慢吐丝结出另一个茧来把自己与外界隔绝、牢牢困住。只是这茧，有时候也是心甘情愿、甜蜜的茧啊！

5. 双子座"自导自演"——善变的双子谈恋爱的时候更是每天都可以换上不同的心情与面貌，瞬间改变的想法，也同时搭配着一套完美无缺的自圆其说。话都是他在说，戏都是他自己演，爱他就配合当个忠实观众，爆米花、卫生纸准备好，陪他哭也陪他笑吧！

6. 巨蟹座"虚情假意"——柔情似水的巨蟹手握两只犀利的蟹螯，自己缠绕出复杂又纠葛的情绪关系，内心上演着轰轰烈烈的小剧场。跟他们谈恋爱绝对可以有许多媲美偶像剧甚至是乡土剧的片段，用所有的关心与爱情，编织出一张甜蜜而歹毒的网。到了最后，心甘情愿被捕获的你才发现，蟹子们的情与意不过是保护自己的本能，他们最爱的还是他们自己。

7. 狮子座"断尾求生"——狮子座太爱面子了，在爱里也还是计较着面子。对于所有可能造成恋爱中麻烦、困扰、丢脸的危机或生机，狮子总是咬紧牙根、大刀一挥，把拖泥带水的长长尾巴霸气切掉，严密断绝所有可以胡思乱想、纠缠不清的多余

当然也不是都那么水

空间。外表豪放而内在细腻的狮子们，可能终其一生，都会因为爱情不断地丢人现眼。

8. **处女座"骑驴找马"**——大家都说处女座完美主义，处女座的完美主义与精神洁癖，让他总是能够以吹毛求疵的犀利洞察力，发现另一半无可救药的缺点，于是新马很快变成旧驴，骑着旧驴又发现另一匹新马，直到找到他心目中完美无缺的神驹为止。

9. **天秤座"衣冠禽兽"**——乍听是句骂人的话，其实不尽如此。天秤座优雅而爱漂亮，每一支秤子，不论何时何地，都会以完美姿态翩然降临。他们着迷于美好事物，连爱情表象也是那么浪漫美丽。只是在完美衣冠下，他们也跟你我一样是有血有泪也有欲望的哺乳动物，不要以为那些坏事爱漂亮的秤子会少干。

10. **天蝎座"唯我独尊"**——天蝎座就是天生王者，在爱情里面也是完全的统治者。也许蝎子会用最温柔卑微的姿态谈恋爱，但那也是他们习惯并擅长的方式，直到你一步一步中了蝎子的毒，不能自拔，而后终将俯首称臣。天蝎的爱本是如此浓烈尊贵，只是，要是他的爱没得到王者该有的对待，他也不惜玉石俱焚地亲手毁了自己的爱恋王国。

11. 射手座"精 × 灌脑"——好啦我承认，因为是在酒兴高昂的时候想出来的，又以某身边射手好友为范本，难免有些不入流的形容词，还好射手们都很有幽默感。这四字箴言的意思就是说呢，射手生来就是猎人好手，剑一出鞘必定见血，只是到底要猎什么样的猎物呢，这件事通常就交给下半身来思考了。不过大致上看来，当射手的猎物其实还恋幸福的（羞）。

12. 摩羯座"穷极无聊"——摩羯座当然不无聊，摩羯座博学多闻又情深似海。只是摩羯座谈起恋爱来真的很麻烦，当他们用情越深、就越不会错过生活中所有的小细节，每分每秒的注意力都在你的身上。所以他们总会"穷极"所有在我们看来"无聊"的细枝末节，来探索并深入所有爱情的痕迹。摩羯的爱像一杯满满的水，要小心翼翼地捧着。

好，我尽力了。在想出这四字箴言的那个晚上，我们讲到了好多朋友的名字，有揶揄也有笑话，甚至还带有些许过去的爱恨情仇。所以当然不公正，当然是暗箱操作。只是，这也是我能想到最优雅也最礼貌地解释这十二个四字箴言的方式了。

当然也不是都那么水

当晚暗箱操作参与人员有水瓶座、双子座和狮子座的。

那么，就仅以非典型十二星座四字箴言，祝福大家有情人终成眷属，永浴爱河。

主角说
十二星座四字箴言发起人之水瓶座大哥："水瓶座不是把旧爱新欢都当成朋友，他只是不能明白为什么爱情会比友情更重要。对水瓶来说，开始就是朋友，最好的爱情最好是知己。分手了还是朋友，只是不一定是知己了。这样讲就比较容易懂吧，下次再深聊好了。"

为何不说想念了？

为何你不说想念了？像我们初相识的那样，说着你的想念，
除非，是真的不想念了。

他说，我不是有打电话给你问你在干嘛吗，那就代表了想念
啊。
我说，那你为何不说想念我，为什么那么浪漫暖心的字眼，
要被平淡生活问候而取代？

身边的男人三十好几了，进入看似腐败中年期之前的奋力一
搏，他谈了一场如同真实年龄折半、青春男女的恋爱。晚餐
期间，他跟我说："我现在突然好想她哟，虽然中午才分离，
但我真的好想她哟，怎么会这样？"

我羡慕地看着他。是呀我懂，那种每分每秒都充满想念的滋
味，我也曾经有过，其实现在还是常常感到如此，只是这种
双方都疯狂陷入爱恋情境的时效性，也许不会如同我们所以

当然也不是都那么水

为的天长地久。

他说："我不是天天都在你身边，为何还需要把想念挂在嘴边。"

我说："就算是跟你在一起，我还是会觉得寂寞，并且想念着你啊。"

他说："你们女生这种逻辑我真是听不懂。"并且傻气地抓了抓头。

我说我想念的是，当初那个全神贯注在我身上的大男生，那个时时刻刻会心有灵犀感应我的想念的大男人，那个我们从眼神到肢体都充满了交流的爱人，而不是现在身边这位一边回着工作短信、一边看着我看不懂的球赛，广告时间还不忘打个小游戏的你。

我知道你忙，我知道你压力很大，我知道男人总是无法在回了家之后，像女人一样瞬间从工作中抽离出来。所以我尝试闭嘴不说想念了，怕你觉得我太疯狂，还有更诚实的原因是，女生的爱意表达其实充满了极度自卑或自恋的尊严，如果我不确定会得到同等的回应，或是更精准地说，确定得不到想要的回答，我们，就不会说了。紧闭上嘴巴，以免那些不该说出口的话，让自己显露出愚蠢不堪的模样。

于是我们就要这样不开口说想念了吗？

然后，那些在爱里的美好甜蜜与亲昵，到底去了哪儿呢？

女人又开始犯病了，那种深怕自己无法活在爱里的病，在湍急河流当中的旋涡里卷着卷着，好像要沉入谷底。女人哪，在若无其事的外表下面，深藏着多么幼稚而戏剧化的缕缕心事，无限延伸的悲剧性格总是那么一触即发。我承认那是自己在找自己的麻烦，也许是害怕生活平淡固定，也许是正浪费着此刻美好去担心着未来烦扰，庸人自扰这句话，不仅写给庸人，也描述着在恋爱中的女人吧！

但男人你其实可以拉我一把的，只要真心告诉我"我好想你"，不论真心或是假意，听到了这句话，我就会好了。

除非，你是真的不想念了。

当然也不是都那么水

白沙发

几个女孩难得聚在一起的午后喝下午茶，天空虽然飘起了毛
毛细雨，还好我们坐在有遮雨棚的餐厅户外空间，一边啜着
咖啡、享受着甜点，再搭配着空气中湿润黏黏的气氛，是另
外一种雨天的浪漫。

通常这种聚会是不会有什么有营养的话题的。

我们东一句西一句地聊着，因为对彼此的熟悉，所以也不会
对间歇出现的空当感到尴尬。那是一种属于女生在一起的安
心感受，不必讨好也没有心机，不过就是找个温暖陪伴，空
暇时候的打发时间。

伴随着嘀嗒雨声，我们的话题从工作的困难、生活的无力、
感情的纠葛，聊到了（总是会不经意出现的）怪力乱神。

她们说那里有间很灵验的月老庙，几乎是使命必达。琪琪说她年前半信半疑地去许了个愿，开了三个条件，希望可以遇到这样的真命天子，一是经济能力不要比自己差、至少可以维持一定水平的生活品质，二是要有国际观、得有机会可以到处旅行增广见闻，三是要和她一样热爱户外运动、最好是冲浪滑雪滑板样样精通。隔了一个月，她遇上了早就认识了的他，他事业小有成就不必为生活奔忙，热爱旅行、把时间花在认识世界角落，他玩板类运动十几年了、几乎已经是教练等级。他开着他的美国道奇货卡，来到她家楼下，"我们去兜兜风吧！"爱意从东北角的海岸开始蔓延。

值得玩味的是，那个他，刚好符合琪琪跟月老大人许的三个条件，但，也就只符合那三个条件。其他的，那些看似平凡无奇的男朋友必要资格，他却离奇地一个都没有。他可能不会早起或睡前打通问候电话或发短信，他也不懂约会其实可以去看场电影、要不至少吃顿浪漫晚餐，他不知道要怎么说爱、谈爱、表现爱，他大部分时间都待在家里、不爱美食不喜美酒更不需要和朋友常常小聚，空当时间顶多在车库擦亮他的重型摩托车和帅气货卡，还有不断反复整理打蜡他各类的板子——冲浪

当然也不是都那么水

板、滑板、长板、滑雪板，等等。

琪琪尴尬地笑说没关系，这些我可以来努力，至少是自己许的愿，遇上了就要认。

接着，琪琪说到了他家里的那张如皑皑白雪般的、北欧设计师设计的白色大沙发，每次当她穿着深色牛仔裤要坐上去之前，男人就会以几乎接近音速的速度拿出一条毛巾让她垫在屁股下面，再坐。

天哪，白沙发！这是多么重要的一个信号！当你打开他的家门，第一个映入眼帘的是白沙发的时候，这绝对代表了非常多重的意义啊！"要是我看到白沙发，一定马上掉头走人。"我忍不住这么说了。

一张白沙发，代表了白沙发的主人性格。首先，我猜想他一定是个有洁癖的人，或者至少是个完美主义者，只有有洁癖的人，才会胆敢买一张雪白的沙发。然后，我也猜他是个很自我的人，或者说，很习惯跟自己单独相处的人，因为白色沙发其实摆明了不欢迎朋友或外人来做客，更别说想象出家里高朋满座的热闹情景了。白色沙发象征了品味的坚持、高傲的孤寂和对这世界的一丝不苟，而我，这么随性的女生，真的很难跟完美相处。就像是我有满柜子的衣服，却找不出任何一件白色裤子那样，因为我一定会把它搞得很脏。

后来，这段看似月老做主的恋情，只是持续了几个月的时间，神通再怎么广大，也抵挡不过现实相处的个性不合。

有些时候，我们花了太多的时间，谈了不对的恋爱，浪费了好多的精神气力。其实女生心里隐约是知道的，当你看到他身边一些很小很细微的关键事物，大概猜得出男人是个什么样的人了。只是，那就像是傻乎乎地遇上了诈骗集团，一脚踏了进去，越陷越深，直到后来发现不对时，反而会希望诈骗集团说的理由是千真万确的，就算狗屁不通也蒙着眼捂着耳信了。反正头都洗一半了，也只能继续下去，不是吗。

这实在是浪费了我们优异的天生本领啊。

其实，在冷静的状态下，男人每一个小小的动作、话语，女

当然也不是都那么水

人都会在与他刚熟悉的短时间内，在大脑中自动并快速地排列出一张密密麻麻的成分分析表——这男人过的是什么样的生活、来自什么样的家庭、他的喜好、价值观、金钱观、对家人和朋友的态度、他朋友都是哪一种人、他有没有坏心眼、是否努力上进、会不会很自私霸道……那就像女人总是每餐精密计算着吃进了多少卡路里一样，我们的大脑当中微乎其微的理性细胞就是在这个时候发挥作用。我们拿着放大镜、仔细检查这些行为言语背后的分析报告，一旦有无法接受的小细节，立刻不啰唆地，把他的电话跟他的人一同从自己的生活里彻底删除，听来虽然无情，可这却是女人保护自己的天赋。

想也知道，我们才不会把那些荒谬又细微的判断拿出来当拒绝的理由，那太小家子气了。只好硬塞一些冠冕堂皇、虚无缥缈的原因，给那位被拒绝得满头雾水的不适合先生。

在面对恋爱这项全世界最感性的事情上，女人最需要也最擅长的是理性而心思缜密的思考，爱情绝不是天上掉下来的礼物，全是皇天不负苦心人的结果。

所以我说嘛，在看到白沙发的第一眼，就应该头也不回地跑了啊，而这个白沙发只是一个代名词，代表了所有女人不愿大方说出来、心里却怎么也过不去的，致命小细节。

主角说
琪琪："只能说谢谢每位前男友造就了现在幸福的我。"

当然也不是都那么水

小壮弟的
推销文

写了几本书，也写了一些身边朋友的故事，好像怎么样，也该写写这位也是一直陪在身边、无敌贴心的小壮弟了吧。

可是他很难写，因为认识他将近十年的时间里，他只谈过一场短暂的恋爱，其他的，要不就是郎有意、妹无情，或是相反的状况也不少，总之，他几乎一直是单身。

若说身边我最想推销出去的男生，他一定是排名第一。可能也是因为，他单身到了一个连我们都会开始自责是不是占去了他太多时间的程度。

小壮弟是个温柔贴心、幽默聪明、善良正直、有点怕生也有点任性的男生。三十出头，其实也不小了，之所以叫他小壮弟，除了身形壮壮的之外，最主要也是因为他在我们十几个好朋友当中，一直是年纪最小的，却也是最让人感到安心的。他会在喝酒的场合默默观察照顾着每一个哥哥姐姐，在我们心情不好的时候静静陪伴，需要他帮忙的时候总是义不容辞地一通电话就赶到。就是那种，每个人人生必备的朋友类型，而且通常这类型的朋友很容易是无聊咖（I'm sorry but it's true），但他可是有趣得很。

我常常在想，某种程度上，他很像我那个在美国的优秀的跳级生表妹，不知道人生有没有错过什么。小表妹从小被判定智商极高，是个在州立比赛常拿冠军的数学天才，学习过程一路跳级，在中学生的年龄就进了哈佛大学，之后顺利拿到双博士学位，现在年纪轻轻已在大学任教多年。她肯定是家族的骄傲，如此杰出优秀。只是我每每想着，在该玩芭比娃娃、接着是男女小暧昧、还有好多好多有趣青春的年龄，她早已在面对同龄小孩十年后的人生，会不会有些说不出口的遗憾呢？

小壮弟就是这样，好似跳过了人生精华那样的、跟着我们过着十年后的生活。在二十几岁周末该去夜店玩耍、KTV夜夜笙歌的年纪，他跟着三十几岁、已玩腻大堆头派对的我们，在小酒馆混着，满屋子的人群里没有小妹妹，只有数不清、多半已经喝醉的大姐姐。然后好不容易三十出头了，他继续和已届不惑的我们在咖啡馆和那些千年不变的饭馆混着，看着哥姐成双入对，有的还多了几个小娃娃，话题不外是婚姻生活或是说不完的育儿经，他依旧是怡然自得。

当然也不是都那么水

甚至他还说，如果有一天我真的怀孕了，他就要去考保姆执照来帮我带小孩，因为他真的很爱孩子。这个正值灿烂年华的男孩，究竟在想些什么？

他也不是完全没有抱怨，有时也是笑着说我们都好老猴，老狗变不出新把戏，总是在一样的地方吃饭、喝酒、玩乐，所以有一阵子，他破釜沉舟地提出了一项"壮弟圆梦计划"，每个月有一天约大家一起去不同的地方吃吃喝喝，登高一呼，让这群老朋友好像多了一点年轻的朝气和希望。只是好景不常，我们最终还是回到我们的老地方，就像鲑鱼总要返乡产卵那样。

"其实我一点都不会后悔，我就是，不会后悔。"在某次我问他这样跟我们做朋友，会不会有点浪费自己青春的时候，他眼神坚定地这么回答了我。他说谈恋爱就是要看缘分啊，那些每天出来玩的年轻女生很少有人可以聊得来，没有遇到就是没有遇到，有什么好后悔的。

的确，他工作的场合总有数不清的年轻漂亮女生，投怀送抱的也不在话下，但他却从不为其所动，空留身旁那些只剩一张嘴的哥哥们，光是听说，就羡慕到口水流了满地。
讲到这里，你一定会猜，那他一定是喜欢姐姐型的啰！但是很抱歉，曾经因为一个自学紫微斗数的朋友，拿着他的生辰说

　　　　　　　　小壮弟的推销文

着，他人生的真命天女，那个 Miss Right，是大他七八九岁的女人，让他暴怒大喊"我不要！不要烦我！不要定义我的人生！"直到现在，"七八九"这个暗号还是一个只要轻轻踩到一定引爆的大地雷。

那所以……他会不会是同志呢？噢，如果他是同志，他的感情人生一定是一条金黄闪亮的康庄大道。经过许多同志朋友的认证，他外形所有的一切——壮硕的身材、削短清爽的发型、浅蓝间隔白色条纹衬衫、及膝的百慕大短裤、运动袜、球鞋、耳朵上单颗的钻石耳环，还有拿捏得刚刚好的古龙香水味道，根本就是一个同志天生的标准类型，甚至还被赐予"熊界郭雪芙"这样至高无上的封号。我们超喜欢找他陪我们去 Bar 玩的啊，因为只要有他在，我们一票人就可以鸡犬升天，享受着大明星小跟班般的优待福利。只是，唯一可惜的是，他喜欢的，真的是女生。姐真的急到连这事也坐下来好好劝过了，狗急跳墙也不过如此，只是性取向这回事，还真是天生的，勉强不来。

所以到底是为什么呢？这个谜团，我已经解了十年还解不开。

也许真的是缘分未到，也许好酒沉瓮底（我都被逼出这样的老梗了），可幸好，他现在在过的日子，是我们十年前的岁

当然也不是都那么水

月，这样想起来，就没什么好担心了吧！这个很温柔的男生，在谈恋爱这件事上，有着令人摸不透的坚持，他心中梦幻的女朋友，最好有着广末凉子的外形、《欲望都市》里凯莉的幽默慧點，最好还要有廖辉英老师的人生智慧。

如果你符合以上条件，请你快快来跟我报名吧（不放弃地继续推捎）。

主角说
小壮弟："其实就是这么一回事，当然也没有这么 OK，我也当然知道。但其实不会去反抗，也不会后悔，就是这样的真实啊……我没有坏掉。"

他的自私
与
刻薄

小将说他跟女友分手了，那个几年来数度分分合合、为了帮
她圆梦还跑去冰岛求婚、求婚前患得患失紧张兮兮、为了她
决定要好好认真面对人生、订婚后两人展开同居生涯也开始
不停争吵的女朋友，分手了。

我觉得小将是用情至深的，要不然，那样的他，是不可能为
了一个女人去做那么多、背离他中心思想的事。水瓶座的他，
就是天生放纵不羁爱自由，性格平和却也懒得跟这个世界争
辩，懒的程度就像只永远在晒着暖暖太阳的肥猫，不停转动
的大脑也仅止于内心世界的澎湃而已。就算他嘴上不说，还
是一贯的嘻嘻哈哈不在乎，可是明眼人都懂，这次他真的是
玩真的，用尽所有力气拼下去了，可这结果还是无法尽如人
意，或者说，无法尽如他意，不是每对王子跟公主都可以从
此过着幸福快乐的日子的。

当然也不是都那么水

每次看着小将跟小希这一对，那几乎是一个模子刻出来的夫妻脸，一样因为热衷健身运动而紧实美丽的身体线条，我都会想着，就算他们常常吵嘴，可没有理由最后不走在一起啊。

这样的情侣，就是注定会有结果的那种啊，我们早就开始想着，该穿上什么样的衣服出席他们的婚礼，然后在婚礼上继续谈论着两人是如此相配。

其实是一样的，都是因为一些鸡毛蒜皮的小事情而吵翻了天，吵着吵着，因为情绪而开始口不择言地彼此怪罪，不留情面的言语在言归于好以后的时间里，慢慢发酵，而终至不可收拾。回头想起那句伤人的话，早已想不起究竟源头为何，只记得那句话沉甸甸的重量，一字一句，当时嫌恶的语气表情，历历在目。

我们一定听过一些一辈子忘不掉的难听话，可能是小时候被父母师长责备，或是被同辈奚落嘲笑，还是跟好久以前的恋爱对象那种没脑的辱骂，更不可思议的，有时候是根本不熟的路人无心的一句话。总之，那些话语像是躲在脑海深处里的魔鬼，总在你毫无防备的时候，冲出来给你最后致命的一击。在那样

　　　　　　　　　　　　　　他 的 自 私 与 刻 薄

的瞬间，好似提醒着你，这些年你所有的努力都是白费的。当然我们的理性总会告诉自己事情不是这样的，却也没办法阻止那些伤人话语，久久萦绕在耳边。

就像是，我永远记得，在我大一的时候，跟一个心仪的学长约会了几次之后，他很委婉地跟我说："要是你再瘦一点，我就会跟你交往了！"后来隔了没多久，就看到他跟别的系的学姐，在一个下着毛毛雨的午后，共撑着一把粉蓝圆点的雨伞，手挽着手，从我面前走过，而那学姐超级瘦的。在那个还没真正谈过恋爱的单纯岁月里，我的眼泪马上无预警地、扑簌簌地流了满脸，在当下，自己因为过度惊吓而忽略的伤心，眼泪却做了最诚实的表达。即使到现在，很努力地维持着不再那么容易被嫌胖的身形，站在镜子前，偶尔还是会想到他的那句话，甚至，会开始怀疑，自己这样真的够瘦了吗，可能还是不够。

也许当时他只是推托，或是一个身为学长的正面激励，或是，他根本早就有女朋友了（这个推测的可能性极大），但这句不经意的话，却是久久纠缠着我不放。

当然也不是都那么水

小将说每次吵架的时候，小希的情绪一来，总是会不顾一切地把话说到极限，完全不留一点余地。在很多次因小事的争执僵持不下时，小希就会提出分手。我一直很苦口婆心地奉劝身边所有男女朋友们，尤其是女生，千万不要随便把"提分手"当成威胁手段，除非，你觉得自己在各方面都已经准备好了，是真的要分手了再来这么说。提分手这件事，绝对是埋在心底的那颗迟早要发芽的种子啊。除了"提分手、和好、再提分手、再和好……"这无止境的循环而致疲乏之外，压倒骆驼的最后一根稻草，只有五个字——自私又刻薄。

"我真是受够了这样的鸟生活！你真的是一个自私又刻薄的人！"

当然也许不客观，因为我们无从得知当下两人争吵时各自心里的想法，只是小希确实讲了这句话，但也如同小将不懂小希为何会这么说那样，每个人在脱口而出的瞬间究竟在想什么，就算是亲密的伴侣也不一定会真实了解。小将听到的，和我们听到的，其实是一样的，那些埋藏心里已久的悲伤委屈或愤怒，在说出了口、经由你的语言，声音借由空气通过震动传达到我们的耳里，就成了一支单纯只是伤人的箭，血流成河之际，没

　　　　　　　　　　　　　　他的自私与刻薄

有人会再去关心，伤人的箭究竟是承载了多少情绪而发。

唯一的不同只是小将听了哭，我们听了大笑。

我们都是笑着啊，不论朋友在感情上发生了多么悲惨离奇的
故事，我们还是笑着啊，因为这是我们唯一可以做出的反应。
那故事中的主角们必须经历的悲伤痛苦，不需要我们来提醒
或像个足球评说员来讲解，都到了这个年纪，任何事情都足
以构成一个流芳百世的黑色喜剧，谁也都当过那荒谬的主角。

我们笑是因为觉得不可思议，这样的指控已经戏剧化到足以
成为笑话一则。当然大家还是尝试着安慰小将，"自私又刻薄
其实也没那么严重啦！"或是说"她不是真的这样想着的，只
是气话。"之类于事无补的屁话。但是，残酷的现实我们没
人说出口，我们知道，这五个字必会是插在他心头上的那支
箭，久久无法愈合。

言语如箭，一发难收，就这么插在心头，再多的弥补，不过
是悔不当初。

当然也不是都那么水

而谈恋爱啊，不论在一起多么长久的时间，彼此是多么的密不可分，甚至是步入了看起来的稳定阶段，都依旧是走在钢索上的双人舞步，一个不小心，就会跌入万劫不复的黑暗深渊。

主角说
小将："就算吵架也不要口不择言好吗，我们男人也很玻璃心的。"

坏掉了的男人

Blaire 最近恋爱了，习惯缠绕眉宇间的忧郁紧张被甜甜的笑容取代了，一种恋爱的气味，像季节限定的草莓蛋糕那样的，总是在经过她身边时，扑鼻而来。她说才没有呢，只是最近跟那个叫作大介的宠物店老板走得比较近。喔，原来是那个老是绑着个马尾，笑声很大，爱穿叩叩叩皮鞋被我们笑说假摇滚客，单身至少一个世纪之久的，大介啊。

Blaire 是个好女人，我的意思是说，她虽然也有情绪失控的疯狂时候，但是在恋爱里面，她是个勇于付出、冲锋陷阵的圣斗士，甚至，遇上了那些艰难痛苦的过程，她也不害怕，"吃苦当吃补"这句格言，用在她恋爱的历程中，好像再恰当也不过。

只是那个大介，似乎是个艳福不浅的男人，游走于风流倜傥

当然也不是都那么衰

与酒店男公关一线之隔间的帅气造型，开朗外向又交游广阔，身边围绕着各型各款的女人，从没见过他真正认过了谁。

本以为，Blaire 的出现终于可以改变大介的单身漂泊生涯，只是这件事啊，可没我们想象的那么简单。

就算遇上了一个相处总是欢乐愉快、有共同兴趣爱好、愿意体贴包容，甚至照顾他的女人，而这女人不仅有才华、聪明风趣也充满迷人魅力，但他依然不愿意投身于一段稳定关系之中。

"你有没有想过，你是不是坏掉了？"有一天我忍不住这样地问了大介。

"哈……？"他标准的"哈式回答"，问五句话里一定至少有三句"哈"，"哈"所代表的背后意义并不是听不懂或是没听清楚，而是不知该怎么反应，于是用拖长音的"哈"来延迟回答的时间，或是更多时候，直接用"哈"来装傻就混过去了。

"我说，你是不是坏掉了，失去了谈恋爱的勇气与能力？"

哈式回答对我完全不管用，翻完白眼后，我是一定继续打破砂锅问到底的。

多话的他难得沉默了半响，看着我，"嗯，我想有可能吧！"得到了向来浮夸的男人异常诚恳的回答，刹那间我有点不太习惯，闭上了犀利的嘴，竟觉得有点茫然。

坏掉了，真的是坏掉了吗？

环顾周遭朋友圈，仔细思考，真的有"坏掉了"的男人啊。

对，坏掉的大部分都是男人。不知道为什么，单身的女人通常只是在期盼着真爱降临的那一天，永远对于爱情怀抱着绮丽梦想，遇到喜欢的人，即使曾经在恋爱中是如何如何的遍体鳞伤，都还是依旧有飞蛾扑火的勇气和冲动，一次又一次、不屈不挠地，为着自己的爱情努力着，也成就了一段段可歌可泣的美丽故事。可是男人啊，尽管外表看来比女人强壮多了，可是他们的那颗玻璃心，一旦碰碎了，就要花上好长好长的时间修复，或者，大多数的，他们选择不再进入任何稳定的感情关系当中，因为，在爱情里面受的伤，对不懂如何疗伤的男人们而言，真是太痛太痛了。

当然也不是都那么水

这样的例子不胜枚举，那个每次分手就痛彻心扉、使尽所有浪漫绝招来挽回前女友、可是真的交往时又看来最不在乎的小罗，那个终于想要定下来、已经订婚却在婚前和平分手的阿山，那个离开了不堪回首的婚姻、交往了一个全天下最美也最好的女朋友、却怎么也不想再踏上红毯的老王，那个从结束八百年前的感情关系后、就开始玩世不恭的Michael，还有这个那个谁谁谁，好多爱逞强、爱装没事的脸孔开始浮现在我的脑海里，他们的笑容里，都同样藏着还未痊愈的悲伤。

伤心的Blaire去旅行了，寄了一张明信片给大介，她写着，

《绿野仙踪》里的锡人是没有心的
但世上并没有桃乐丝可以拯救他
只有锡人自己可以打开心
才会让自己跟他人不再哭泣
我们都没有办法孤独终老

坏掉了的男人，只有自己才修得好。

主角说

大介："到底为什么取条狗的名字？刚看到标题的时候，只觉得自己哪里坏掉了？！但看完后，却讲不出话。

结束上一段感情已经三年了，这段时间，一直希望可以找到让我怦然心动的人，认真地谈上最后一场恋爱。在这个过程中，不少人劝我'陪我到最后的人，不一定是最近的人'，但我却依然固执着。

但这个人到现在，到底是我找不到呢，还是我不会爱了？我也不知道，也许你们会有答案。"

Blaire：人的心与物件不同的地方在于，心永远有办法修复。而修复的方法是往前看，不回头望，这是曾经坏掉的我，唯一的回答。

当然也不是都那么水

当然也不是都那么水

人 生 的
竞 赛

Chapter 02

当然，也不是那么水

我想
写篇文章
来安慰你

我想写篇文章来安慰你，一篇头头是道的文章。在这个时候，当全世界都帮不上忙的时候，我只想写篇文章来安慰你。

你知道的，你懂得所有的道理，但又如何。

你感觉被这个世界遗弃了，你害怕身边所有朋友都将离你远去，你知道这样的负面能量只会让身旁的他手足无措，可你却无计可施。

这世界是这样的，把所有情感羁绊与理性思考像剥洋葱那样一层又一层地剥开后，你会看到这世界的残酷本质——没有人担得起别人的心，每个人只能快自己的活，而后，只剩洋葱那呛得人止不住流泪。

曾经你们大伙儿开开心心地约好了，是那种一大群好友一起下定决心、要迈向人生下个阶段的承诺。你们说大家都来生孩子吧，你们开始幻想以后的聚会变成了家庭出游，想象着各自带着娃娃，也许踏青也许戏水，你们说好要一起分享也分担这过程中的酸甜苦辣，就像你们从小跌跌撞撞的那样一起长大，在悲伤的时候互相扶持，在快乐的时刻真心分享。

就算人生有时候很难，有这群朋友就不会害怕的那样，是种你一直很依赖的大无畏。

于是你们努力着，彼此交流着坊间流传的各式秘方、著名中医、养生诀窍，等等，在这路途上还是紧紧牵着手，你们笑着说其实这件事没那么容易耶，你们苦着脸说这个月又失败了哟。

然后，你发现他们全部都往前跑了，超越你了，不得已地松开了你的手。他们回头焦急地寻找着视线中越来越小、快要消失的你，像是在长跑跑道上为那最后一名的选手奋力加着油，他们所有人将他们认为怀孕的关键食补、助孕好物，全都像加油棒那样一批又一批地送来你家。

当然也不是都那么水

你当然心怀感激，你当然全心接收了他们所有的祝福，只是面对着满屋子溢出来的坚韧友情，你开始怀疑，是不是你终将跑不到那看似无限遥远的终点。

这一切其实都只是"过程"，人生的每件事情都是回头看时可以一笑了之的一个过程，你不断地这么告诉自己。这些过程只是为了成就自己成为一个更丰富的人，也许老了以后还能拿出来跟儿孙说嘴，"奶奶当年为了怀孕呀，可是很辛苦的哟！"这类事过境迁的豁达。

即便了解这样的道理，心情却依旧停留在沮丧的谷底。那是因为你终于发现，人生里突然蹦出了一道难题，那是看来幸运的你前所未见的、就算很努力也未必可以拥有如预期般的结果的、无法掌控的困境。

从小你就知道，要考好成绩你努力念书，要交好朋友你真心对人好，要把工作做好你加倍认真，要赚钱你必须牺牲自我，要谈好恋爱你要费尽心思，所有的一切都让你更加确认了"天下无难事、只怕有心人"这句早就背到烂掉的至理名言，好像只要你肯努力，没什么不可能的。

但怀孕这件事情可不是这样的。

在确认过两人健康无虞、甚至算是身强体健的状态下，你抱着既然要做就要认真到底的决心，从看中医调理、计算排卵期、度假放松心情、择食忌口每天早上喝碗鸡汤……别人能想到的你都做了，想不到的你也做了，只差没有尝试人工受孕的方式，因为你还是浪漫地相信，孩子就是两人爱情结合中最美好的礼物。

所以倍感沮丧，"徒劳无功"这四个字，此刻好像专门为你而生的。

这时你才真正明白，人生根本没有什么大家一起不一起的问题，再亲密的朋友、家人甚至是爱人，在你真正感觉绝望的时候，并不能真的和你在一起。也许他们还是会陪着你、关心你、保护你，但问题永远只能自己孤单面对，在这样的状况里，是一种那歌里唱的百年孤寂。

当然也不是都那么水

于是，我试着写篇文章来安慰你，这是我目前能想到最积极的做法。希望有一天，我可以大声笑着这时你的愚蠢，笑看人生曾经历过的无能为力和沮丧。

而我将更勇敢，在未来，一个人来面对你的难题。

人生的竞赛

说穿了，人生就是一场竞赛，一场你不想参加都会被列入记分的竞赛。

男人是，女人更是。男人从小到大比谁长得壮、谁功课好、谁篮球打得好、谁的女朋友比较漂亮，长大了之后，比车比房比收入，更别说日常生活当中品位、酒量、人脉、工作能力的比赛了。

而女人呢，从幼时就开始比谁皮肤白、谁比较漂亮、谁比较乖巧功课好，长大后，在职场上、情场上的比赛更是不能说破的明争暗斗，喔不，还不止这样，每个女人与其他女人的相聚时，互相从头到脚地打量，从头发到指甲到包包、高跟鞋，甚至还比着究竟谁的微整形做得比较不露痕迹。

当然也不是都那么水

三十岁后，比着谁先嫁个如意郎君，婚嫁了之后，比着谁家公婆明理体贴，接着接着，到了高龄产妇的年纪，大家都在比，到底谁的肚子比较争气。

对，就是这么老气的旧观念，谁的肚子比较争气。我们先不讨论这对夫妻究竟有没有准备好要生育下一代的问题，其实旁人压根儿也不在乎，就是会瞎起哄地见面就说："怎么样啊？什么时候生小孩啊？"或是"你年纪也不小了，动作要快了喔！"才刚从"什么时候结婚哪？"的问句中解脱，马上又被卷进了另一个无底旋涡，而且这样的关心通常从结婚一年后开始，跟时间成等比倍速的速度热烈加剧，几乎要把新婚的夫妻压到喘不过气。

有时候我真想对那些不是太熟、只是为了找话题而说出这种话的人说声，"关你屁事。"对，就是这么无礼的四个字，因为当你不经大脑思考、罔顾他人感受而说出这种话的同时，其实你比我还无礼很多很多。

然后，各大报纸媒体说着哪个女明星怀孕了，多么幸福满足，隔壁那个什么阿姨的女儿也怀孕了，哪个朋友的老婆一去度蜜月就怀孕了，漫天的怀孕喜讯通过经意或是不经意的方式，都传达到你的耳朵当中，砸中你的脑门儿，你开始想要尖叫。也不是没想过要生孩子，也不是那么一定喜欢或是讨厌孩子，但这世间总有顺其自然这个选项吧！从小就这样，要是感觉被人拿着刀子硬架在脖子上去做某件事的时候，我就特别不想服从，不知哪来的刚烈叛逆性格，为了反抗而反抗。即便年岁渐大，个性日渐圆滑了，但是那份内在的铁打硬骨，还是会时不时地窜出理性之外，霸气地横生枝节。

看来，这又是一场身为已婚女人就不得不参加的人生竞赛。所有身边已经当妈的朋友，在这场马拉松赛中，早已站在终点线外，大声地为你加油摇旗呐喊，同时，也残酷地提醒着你与她们的差距有多么巨大。你在起跑线这儿犹豫着，回头看着老公是不是要义无反顾地跟你一起往前跑，很多的担忧烦恼，远远超过想象中完赛后的满足快乐。

于是就跑吧，试试看吧，你告诉自己。用不张扬不喧嚣的

当然也不是都那么水

方式，你开始自己的旅程，也许未必符合那些好事者的期望，但至少，对于你爱的和爱你的人来说，会是个珍贵的过程。

而最终，你会发现，孩子本来就是上天给的美好礼物，从不属于人生的竞赛项目。

雪地中的Yes I do!

从小到大参加过许许多多的婚礼，从小时候总是跟着父母去
"那种人很多很热闹、可以看新娘子"的地方，到渐渐长大，
是自己的好友走向人生不同阶段的见证幸福。每一场婚礼，
都带来不同的悸动和感受，也都在脑海中，留下了不可磨灭
的深刻记忆。

海外婚礼，我倒是第一次参加。
前阵子刚刚从好友苏苏与Jimmy的北海道婚礼上回来，从头
到脚地、被灌注了满满的爱，一场集体记忆所创造出来的幸
福能量，是从未想象过的那样强大。

我其实非常佩服愿意举办海外婚礼的新人们，对于办过婚礼
的我来说，想到那些大大小小的繁文缛节、中西礼俗、家人
亲友的微妙关系，早已一个头两个大，更别提还要把这群兴
奋的长辈、失控的小孩、疯狂的朋友，集体安全舒适地打包
到另一个国度去，更是一项史无前例的浩大工程。

当然也不是都那么水

但参加完这场婚礼后，我对新娘新郎说："这一切的努力，真的都是非常值得的！谢谢你们无私地送给了我们一个绝无仅有的甜美回忆！"

我们来到了位于北海道道央的星野 Tomamu 度假村，这也是一座占地极广、北海道最受欢迎的度假村了。整个度假村精心划分成不同的区域，大致分为住宿高塔区、豪华套房区、美食街、各个风格独具的餐厅、温泉区、人造海浪游泳池区，以及其余占地极广的滑雪山区。在各个分区之间的交通有饭店接驳车的免费接送，每一天，你都可以用从未感受过的方式，体验北海道的不同风情。

当然新人们会选择在这里举办婚礼，还有一个很重要的原因，就是为了那座大名鼎鼎，由著名设计师安藤忠雄所打造出的美丽教堂——水之教堂。

当天婚礼开始前，我们一群五十几人的宾客团体，绝美华服盛装出席，在饭店人员的指引之下，浩浩荡荡地搭上了专车，接着，在雪地步行了十分钟左右的路程，终于抵达水之教堂。

这座美丽的教堂被落地窗外的雪白景色衬映得冰清玉洁，清水模的建材，简洁却充满力量，教堂内的鸦雀无声很快就被我们这群人的欢乐嬉闹声取代，我们坐在走道两旁长条的木椅上面，等待着神圣时刻的到来。

预计五点半开始的教堂婚礼仪式，正好遇上了我最无法招架的 Magic Moment（魔幻时刻），就是那种太阳已经下山，但天空仍有太阳的余温而光亮着，天未黑，呈现出一种超现实的蓝色，而这蓝色，在雪地更显魔幻，剔透晶莹的蓝，覆盖着教堂的庄严。

管风琴奏乐响起，我们转身回头，看到新娘穿着露肩白纱、新郎新装笔挺地出现在教堂入口的那一刻，那个画面至今深印脑海，那样神圣感动的气氛，让我瞬间红了眼眶，几乎有种想要号啕大哭的冲动。想想与两人分别相识十几年来，看过他们在爱情里受的伤与苦，而今天又是何其有幸，可以两人牵着手，走向红毯，承诺让彼此幸福，这每一步，走来多么不易啊。

伴随着所有人窸窸窣窣吸着鼻子、擦眼泪的声音，新人走到牧师跟前。
两人口中大无畏地吐出"Yes I Do!"这句话，我们也好像放下了心中的大石头，这两个可爱又善良的朋友，终于找到可以互

当然也不是都那么水

相扶持一生的另一半，好友们满心的祝福，汇聚成一朵大大的爱心，将会永远伴随着你们美好的爱情。

主角说
Jimmy：坦白说，很多婚礼都很无聊，最后都是在交际、喝酒，对于一个没太大期望又怕麻烦的人，我没想到我们的婚礼倒是出乎意料的美。
至于婚姻生活，平常有一点小摩擦，就像地震一样，可以释放一些能量，不然一直累积，最后来的是八级以上的地震，后果可能就很难收拾。

雪地中的 Yes I do!

干儿子

我有两个可爱的干儿子，一个是小衡，一个是小侠，喔最近又多了一个，小衡的新生弟弟小熹。

还未为人父母的我，其实根本也搞不懂当人干妈的责任义务，再加上也不是个会主动跟孩子相处的"高拐"（台语）①大人，我这干妈当得还有很大的进步空间。小侠的妈妈是我从十三岁开始到现在的发小闺蜜，小衡与小熹的爸爸是大学时候到现在最要好的哥们儿，很顺理成章的，我成为了这些孩子的干妈，很显然并不是我可以带给孩子们什么样实质上的帮助，至少目前是如此。这个干妈的意义应该说是，我与他们的父母，在彼此的人生重要选项当中，再次确认了紧密的友谊关系。

小衡跟小侠是截然不同的孩子。小衡敏感细腻又谨慎，这么小就很爱面子，从不在公共场合大声哭闹或尖叫玩乐。他的

---

① 指学历高、事业心强的人。

当然也不是都那么水

声音细细的，身材长相也是清秀斯文的类型，像个出身贵族的小王子，一举一动都看似经过缜密思考般的，优雅而超龄。而小侠则是个动感的小泰山，血液中流着强大的原住民基因，不仅从出生就是一身曾被医生误会黄疸怎么还没退的健康肤色，他的节奏感、运动细胞也是天生强大，像个停不下来的劲量宝宝，总是看着他像勇士般的横冲直撞，摔倒了马上跳起来继续往前冲刺，天不怕地不怕的好胆量。

原来，除了后天教育之外，孩子们打从娘胎出生就有属于自己很强烈的基本性格了，也许部分是遗传，但也有跟父母截然不同的、与生俱来的个人特色。每个孩子天生都这么不一样，为何在长大的过程中，我们会被要求变成同一种（社会上大多数都这样的）人？

所幸，拜网络发达所赐，现今的父母在教育上有很多不同观点学派可以参考，父母们也学习着尊重每一个不同个体的成长发展，终于，我们有机会可以期待每个不同的孩子，在十年或二十年后，那专属于他们自己独一无二的样貌。

不过，在小熹出生之后，温文尔雅的小衡终于抓狂了。

听说有一天，小衡终于受不了这阵子家里面川流不息探访的

干儿子

亲友们，一来就急着抱起小熹、看着小熹直呼咕唧咕唧好可爱，于是他安静地举起了放在沙发上的枕头，使尽吃奶的力气，朝小熹的婴儿床扔去了。这是一个三岁幼儿对生命最用力的抗议，我也相信这是他人生中目前遭遇到的最大的挫折。

听到这消息好笑又心疼，我这没用（目前还是只会买衣服）的干妈特地专程去买了些可爱的衣服要给小衡带去，顺便安慰一下他脆弱又受伤的小小心灵。

一进大门，看到小熹的婴儿摇床就放在客厅边上，小小娃儿安静香甜地睡着，我仔细看了一眼，"小衡很像妈妈，小熹有点像你耶！"正与干儿子的爸爸讨论着这个娃儿的当下，就看到小衡从楼梯上探出一颗小不溜丢的头，用我听过最大的声量大叫："他在睡觉啦！"说完了又一溜烟地跑去楼上，不见踪影。

我马上跟着跑去，大叫着小衡的名字，只看见他窝在二楼没开灯的黑暗墙角，把脸面向墙壁，一点儿都不愿意转过头看看我。
"小衡，干妈是来看你的耶，干妈好想你喔！"我双手环抱着他在他耳边说着。
"来，干妈帮你买了好多可爱的衣服喔，你要不要来看看呀！"

当然也不是都那么水

他抬起了双眼，像是要确定我眼底的真心那样，认真盯着我几秒钟后，才妥协地点了点头。之后的相处，我都小心翼翼地把注意力集中在小衡的身上，希望他可以感受到我的一片赤诚真心，我是真的来安慰你的，我懂你的感受，干妈小时候，也曾经跟你一样受伤啊。从小就是家中唯一的宝贝，一瞬间这份满溢的爱被另一个自己还不熟悉的婴儿、他们说是弟弟（妹妹）的人瓜分走了，一定很不习惯、不平衡。而年纪小的孩子总是比较可爱、比较得人疼，生物不都是这样，那刚出生幼嫩的小狗狗比总躺在家门口那只流着口水的老狗可爱多了不是吗？

可是亲爱的小衡你知道吗？其实大家最爱的永远会是你呀，因为你让我们见证了生命的奇妙，你是我们生命中第一个出现的惊喜，也是所有人第一回合学习如何去疼爱的孩子呀！就算，现在有了比较需要照顾的弟弟，但没有人可以取代你在我们心中早已稳稳占好的位置。即便你有满腹的委屈，觉得不公平，那也是成长过程中你所需要学习的分享与爱。

懂事的小衡，接下来的日子里，你一定会觉得当老大是一件很衰的事情，因为弟弟会看着你犯过的错而不重蹈覆辙，被处罚的好像永远都是你，乖巧的都是他。你会在很多兄弟争执当中被教导"大的就是应该要让小的"的观念，而你会边

　　　　　　　　　　　　　　干儿子

读着《孔融让梨》的故事、边把泪水往肚子里吞。你偶尔不免会觉得父母长辈有点偏心,虽然你比较年长,但还是希望可以一辈子像个娃儿般被抱在怀里疼啊!长大以后,你要一肩扛起所有的家庭责任,家里大小事物都等着你处理决定。

亲爱的小衡,当老大是真的很衰没错,但那是因为,你天生也得到了比弟弟更多、更纯粹的爱啊!

这个道理,干妈也是见到了那天的你和弟弟,才渐渐懂了。

"总在他们身上看到自己过去的模样,对自己、对人生、对未来的渴望……"脑海里响起李宗盛在"理性与感性"的演唱会里,唱着《希望》这首歌的声音。

是呀,在干儿子们的身上,我真的看到了自己过去的模样,像面可以自由穿梭时空的镜子,那个受伤的小女孩就这么来到了我的面前,我温柔地拭去她满脸的眼泪。

那些摆在心头难解的结,就这样轻轻柔柔地,烟消云散了。

后来,小衡的妈妈说,那天晚上躺进被窝时,小衡喋喋嚅嚅地问了妈妈,"干妈今天为什么要来我们家啊?干妈,她是不是来看弟弟的啊?"

当然也不是都那么水

你看看你这敏感细腻的小家伙，多让人心疼。但是不要担心，没用的干妈会一直陪在你身边，陪伴你的同时，其实更疗愈了自己。谢谢你，我的干儿子。

主角说
觉得小衡应该是这么想的衡爸：其实敏感细腻的是干妈吧？能发现我小小心灵的脆弱。请干妈放心，我会乖乖照顾弟弟，快快乐乐长大，你老了我们会照顾你，我们两个很高兴有个超酷的干妈。

你
好不好？

旅居美国多年、学生时期的好友最近回到台北了，一转眼就七八年没见面的她，不知道现在过得好不好。婚后和老公移居美国，生了两个可爱的小女孩。我们总是在社交网站上关心着彼此的消息，虽然相隔好远好远的距离，通过电脑显示屏似乎也从没生疏过，只是，还是有点莫名来自第六感的担心，不知道她是否真的如同她所乐意与大众分享的那样，过得如此幸福美满而快乐。

全世界最不需要人担心的应该就是她了吧！从小她一直是个品学兼优的学生，优异的领袖特质和好人缘，让她每个学期不是当班长就是学生会主席之类的。出身优渥的她，也不带丝毫骄纵傲气，单纯质朴的性格在所谓的贵族学校里，更显得与众不同。她既聪明又美丽，白皙的皮肤、优雅的五官、早熟又丰满的身材，和她去联谊男生们总是对她目不转睛。硬

当然也不是都那么水

要说她自己很在意的缺点，应该就是有一点罗圈腿吧，这点小事，穿着上面多注意一点就好了。

我其实是有点崇拜她的，她一直是个事业心很强、很有想法的女生。学校毕业后，在短短的几年内，就做到了外企的主管。每次看着她用着轻巧利落的姿态，电话一通接着一通，轻轻松松、四两拨千斤的，就处理完了所有工作上难缠的人事物。直到生了两个孩子，才放下深爱的工作，全心全意地当个全职妈妈。

身边总是会有这种朋友，从小就很优秀，很早就确立了自己人生的目标与时间表，然后按部就班、逐步完成每一个阶段性任务，从不失误。甚至连结婚和生孩子也不例外，要结婚时就有好对象出现，想生孩子时肚皮也跟着很听话地跟着照办。就好像，人生从没带给他们任何难缠烦恼似的，不费力地按照计划，成就了众人称羡的完美人生。

那天本来约好了要去喝杯咖啡聊聊天，她突然一通电话打来说想来我家坐坐。接完电话后，我连忙卷起袖子，开始用力打扫，把那些散落家里各处的杂物都塞到看不见的地方。其实都那么熟了，以前还一起住校的闺蜜，哪会在意这些？或者说，哪会不知道我"乱中有序"的生活习惯。只是这么多年没见，好像也有点近乡情怯，或者潜意识中也希望这位优秀的班长同学，可以见识我长大后一点点在家务整理上进步的假象。

叮咚门铃声一响，我开了门，那个好多年没见的面孔，就这么似乎是穿越时光隧道地快步来到面前，她看了我一眼，叫了我一声小时候的绰号"路宝"！接着，两行眼泪就这么扑簌簌地直直滑落了下来。

那一秒像是过了一年那么漫长，我吓傻了，从没见过总是自信的她那么无助的模样。我知道那不是因为太久没见的感动眼泪，我深刻感受到那是积压已久、如同火山爆发般、终于得以发泄的眼泪。

我倒了杯水给她，偷偷加了几滴情绪疗愈的精油，跟她慢慢聊起。

她聊着这几年在外地的生活，聊着她的孩子，还有她的婚姻生活。

"你知道吗？那些一开始喜欢上他的原因，到生了孩子之后，都瞬间变成讨厌他的原因了。你一定不懂那种要跟眼中钉一起生活的日子有多么难熬，分分、秒秒，那么难熬。我也不知道自己怎么了，但我看到他就无来由地厌烦至极。当初他的才华、幽默、满怀理想啊，现在在我眼里都成了不负责任、幼稚和不切实际。他其实一直没变，我承认是我变了，不知道是因为当了妈妈那天生的责任感还是什么，总之，我变了。他的确很无辜，但再怎么无辜也于事无补。真的，我身边每个当了妈妈的朋友都是这样的，即便目前还是依赖着老公所提供的物质生活，但每个人都活得喘不过气来，只是没有人想把这样失败的婚姻结局公之于世。"

不知道是不是精油奏效了，她的情绪渐渐平缓了下来，口中吐出这些听来残忍的细节时，也好像是说着别人的故事那样的冷漠。

我静静听着，不作评论。其实她也不需要我的评论，不是吗？她只是想在那个熟悉的超完美娇妻生活圈之外，找个不太会出现在她日常生活、却又绝对挺她的人说说话。这些话，她不能跟身边那些朋友说，那些以为他们家庭幸福美满又和乐的朋友，那些光靠社交网络的完美假象来洞悉她的朋友。

我根本一点忙都帮不上，才刚结婚不久，跟老公虽然也会吵架，但大半时间还算是热恋般的甜如蜜。我也没有孩子，可能也同时在心理准备着，如果有一天有了孩子还是要继续跟老公如胶似漆。我对婚姻和孩子的美好想象好像被这个远道而来的老友一棒打醒，那些藏在潘多拉盒子中，原本所担心的恐惧、挫折、黑暗面好像快被开启。每个人总在别人的故事中找寻自己的位置。

"原来婚姻和孩子到头来就是这么回事啊！"在那当下，我当然很绝望，几乎要被说服了。我一直觉得这是我的优点也是缺点，我很擅长于"感同身受"，甚至"感同身受"到自己也一头栽进去，在别人的故事里不受控制地演成主角。听她聊到后来，就差点没跟她一起抱头痛哭了。

但事实上是，两三个小时过后，她整个人变得很轻松，笑了，也好奇地问我，"你那杯水里面加了什么东西吗？怎么我现在心情变得很好？"她继续哈哈哈哈地开朗笑着，跟进门时判若两人。

关于使用精油这种属于自然疗法的范畴，其实我也没那么精通，总是抱着死马当活马医的心态尝试着，也许是真的有了疗效，或是刚好天时地利人和，反正，总归她暂时好起来了，会笑了。我把一整瓶的疗愈精油送给了她，就算我不能一直陪在

当然也不是都那么水

她身边，也有着我的祝福随身。

在她离开我家之后，我慢慢想着，消化着。

每个人都有着自己的人生，那些外人眼中的美好，常常合并着不为人知的痛苦。可我们总习惯于用极其有限的线索，来判断着别人的生活，然后羡慕嫉妒或是怜悯担忧，白白浪费了自己的时间。甚或，我们经常会忍不住，通过别人的经验，来定义自己的未来，这样其实非常荒谬而无知。
那些朋友受的伤和苦，都是充满善意的提醒，就像孩提时代和同学在操场一起奋力奔跑时，你看着前面的小朋友一不小心摔倒跌了个狗吃屎，你就会更加小心那样。这么简单的道理，怎么长大了反而看不懂了呢？

我当然无法想象如果有一天变成母亲、或是婚姻进入十几年甚或更久的状态后，我的生活和心理会有什么改变，但我也更加清楚地知道，这些改变必须是来自于我内心真实的感受，而不是源自于"大家都这样"的无形制约。这听来那么理所当然的道理，其实需要很冷静清醒的自觉，而我们经历的每件事情，每个朋友的经验，都在训练着我们学习如何不被大

你好不好？

众制约的自觉能力。或许，那也正是拥有幸福的关键。

我还是会继续想着我亲爱的同学，挂念着她，当她永远的后盾，支持她。不过也就只是这样，对我，对她，就已经完全足够。

主角说
路宝的同学："婚姻绝对不是做自己，而是把戏演好；在这戏里，期望我们能尽力当个开心的演员。"

当然也不是都那么水

从男人
变成爸爸

来说说我那个"从男孩变成男人"的弟弟好了。

好不容易从男孩变成了男人，开始学会了体贴照顾女人，他便开始口口声声地说想要生个孩子，我当然是不予理会、一笑置之。他说他好喜欢小孩，如果生了小孩晚上不出来喝酒也没关系，我斜眼看着他在发表此番言论时，天真无邪的表情，像个未经世事的少女，在高谈阔论婚姻相处之道那样的荒谬。

前阵子看了一部很好看的纪录片叫作《行者》，导演花了十年时间记录了"无垢舞团"的艺术总监林丽珍老师一路对编舞和艺术的坚持与梦想。有句话特别打动我，林丽珍老师要求每个舞者，每一次的动作排练都要像实际演出那样，拿出百分百的精力，她说："你台下没有尽到全力，我怎么知道你台上可以尽全力？"

对照弟弟在渴望孩子时候的生活，就有种这样子的感觉。他依旧故我地过着开心的日子，有空就跑出门跟朋友喝酒打混，嘻嘻哈哈的玩乐看似没有极限。我心想你骗鬼啊，这样的你，要怎么让人放心你可以当个负责任的父亲，谁跟你生孩子谁就是傻子。

可我那可爱的弟妹跟弟弟一样都是头很硬的白羊座，勇敢直接而冲动。不知是两人念力超强还是怎样，过了半年，弟妹竟然真的怀孕了。

在弟妹怀孕的过程中，因为身体的不适、体内激素的作祟，这个任性的弟弟可以说是叫苦连天，遇到他时总是有满腹吐不完的苦水，他说有一次竟然还气到捶坏墙壁，光是照顾好孕妇的心情和身体，就让他筋疲力尽了，唉呀等到这孩子生了该怎么办才好。

只是，从孩子出生的那一刻起，我才发现，所有的担心都是多余的。

当然也不是都那么水

他也许是真的生来就很爱很爱孩子的那种人，他说："从见到他的第一眼，就爱上他了，那种没有条件的爱，是很奇妙的感觉。"从此之后，他每天的社交网络动态消息、朋友聚会的谈论话题、生活的重心与优先顺序，无不是以儿子为主轴。那样的爱没有轨迹可循，就这样浓烈地突然出现在他的生命之中，占据所有。

朋友们议论纷纷，对于他一百八十度的人生大转变，跌碎了一地的眼镜。他花上好多时间跟有孩子的朋友讨论着如何养育婴儿、孩子哭了该不该抱、母乳喂养的好处与辛苦，更别说洗澡换尿布等事，更是毫不考虑地一手包办。他出现在朋友聚会的时间少了，几乎是没了，除了偶尔的下午茶（天哪，我们这群夜生活动物竟然也开始出现下午茶的聚会了），他会抱着他的宝贝儿子一起出席，咕唧咕唧地对着儿子不停哄着说着话。要不是他的外表声音没太大变化，我们快要不认识面前这位（因为照顾孩子他瘦了六公斤）新好爸爸了。

我们笑说，人家那些要多费心思的孩子是"高需求度宝宝"，而你们啊，根本是"高需求父母"吧！

弟弟只说："生了孩子之后，我更加不能体谅我的爸爸。"
不是说养儿方知父母恩吗？这完全相反的感受从何而来。他
继续说着，"小孩那么那么可爱，我一秒钟都舍不得放下他，
当初我爸爸怎么能够对我那样的弃而不顾呢？实在太不能
理解了。"

短短几句话，像刀割一样令人心痛。我看着散发满脸父爱而
面容变得柔和的他，这时才明白，为何他会有那么大的转变。
其实不是他变了，这本来就是他一直最想完成的梦。这个总
是调皮淘气的弟弟，也许心里有着平时不愿说出口、很深很
深的父爱情结，所以他从小就老嚷着想生孩子、多么爱孩子，
却总被我们当成痴人说梦，不放在心上。

跟生命和解的方式有很多，当然你也有权利选择停留在原地、
怨恨着老天爷这一切的不公平，当然，你更可以用正面积极
的态度和行为补偿自己，弥平心里那个巨大的缺口，而不致
留下遗憾。
他那从小缺席的父爱，终于在拥有自己的下一代的时候，完
整了。那些浓得化不开的父爱，像是沉睡已久的火山大爆发，
铺天盖地地向这世界证明着，即便是未竟的拥有，也可以转

当然也不是都那么水

化成无止境的付出和给予，同时让自己和孩子的生命，更臻
美好。

主角说
弟弟：哪那么多变来变去？又不是孙悟空，我还是你最"欢"的弟弟啦，文章
标题我看了，内容叫老婆看，反正随便你写的"当然也不是都那么 OK"之我都
OK。（应该有庆功宴吧？有 After Party 吧？）1

注 本文为《不爱会死》一书中《从男孩变成男人》续篇。

从男人变成爸爸

过尽千帆
的爱情

每次去北京工作时，都会找个时间跟小德姐碰个面，就是担心她也懂她的孤单，就算只是陪她聊聊天，也能稍慰她的思乡之苦。

小德姐超级漂亮的啊，没得挑剔的模特儿身材、白皙的皮肤、精致的五官，就连手指头都散发出一种迷人的气息。当然轰轰烈烈的恋爱没少谈过，她那水里来火里去的几段爱情故事，早已成为江湖上无从查证的传说。

只是当我开始跟她熟悉的时候，她早就恢复单身，身边总是围绕着一群有品位又懂得过生活的好友们。

我的身边有好多这样的姐姐，容貌身材比年轻女生的条件还要更好，生活自主也很有想法，个性开朗大方又豁达，虽不至于上知天文、下知地理，但跟她们谈话总是可以得到好多有益的收获和启发，不论是心灵层面或是对现实人生的观感。

当然也不是都那么水

只是偶尔，在她们爽朗笑容转换的那一秒间，你还是会闻到一点点，寂寞的味道。

好友贝莉曾出了一本名为《单身病》的书，当然不是以偏概全地讲着单身是一种病，她最主要探讨的是——因为单身，女人们有了更多时间，或者说更清醒的头脑，更可以好整以暇地来面对自己长久以来失衡杂乱的生活。可夜深人静时，女人们的谈心时间，她也不免说着，"我都三十五岁了，单身两年，之前从没单身过这么长的时间，其实还是有点担心。"我们都知道，有些没有说出口的话，就停留在搁置了的电脑屏幕保护程序里面，随着那绿色不断旋转的线条流动着。

这句话让我想了好久，如果是我，会不会也有担忧呢？
答案一定是肯定的。

记得某次在北京的夜晚，我们喝了一瓶白酒，听着小德姐聊着她独自在异乡打拼的孤单心情。她真的是个事业心很强的女人，为了工作所承受的无奈委屈，绝对不亚于男人。她说："小米，你知道吗？我每天工作完回家，对着空荡荡、完全没有丝毫生气的房子，我就开始发呆，是真的发呆的那种喔，一直发呆一直发呆，直到时间晚了、人也累了，就上床睡觉，隔天又是一整天的硬仗要打，日复一日，一年就过了一年。"

我当然也常发呆，但我真的不了解那种每晚只能发呆的空虚是多么巨大噬人，光是听，浑身就起了鸡皮疙瘩。讲着讲着，她总会慢慢地眼眶红起来，却依旧倔强地不让眼泪掉下来，转头擦去眼泪，她又变回大家眼中开朗乐观、充满拼劲的小德姐。那样用逞强堆砌出来的坚强，总是让人于心不忍。

也不是没想过要帮她介绍男朋友，只是每次介绍了之后，就变成了她身边的好哥们儿。她身边的那个男人，怎么还不出现？

后来，少飞北京了，也很少见到她了，就在几乎不再挂念她的时候，看到她的笑脸出现在好久不见的 Mr. Z 的脸书（Facebook）照片里。这是风马牛不相及的两个人，怎么会一起出现？硬要说两人的共同点，应该就只是同在北京这个城市生活着吧！而照片里她的笑容，似乎透露了一丝不寻常的讯息。点进去一看，他们一起去了好多餐厅、喝了好多咖啡、过了好多生活，虽然偶尔会跟一大群朋友，不过大部分都是两个人单独的。

大人们的爱情是不需要跟人交代的，就像他俩，会选择性地在 Facebook 分享着，笑得好少女（男）、头靠着头的、还有各种闪瞎人的照片，用行动昭告天下，美丽的恋情正在发生。大家抢着"姐夫、姐夫"的叫着 Mr. Z，也为小德姐开心得不得了。他们回台北的时间多了，每次手牵着手，几乎是以新郎新娘敬

当然也不是都那么水

酒的姿态，出席朋友热闹的聚会。

Mr. Z 说："我朋友们知道我跟她交往时，吓得下巴都快掉下来了。还好，这些年大家都长大了，要是十年前的我，遇到十年前的她，我看我们根本没办法有任何火花。"小德姐在一旁笑吟吟地看着他，不承认也不否认，有一种你懂我懂大家都懂的，淡定的幸福。

在感情上过尽千帆的两个人，在繁忙而陌生的城市相遇了，最好的时光，最美的爱情，等待了这么多年才翩然降临。观众简直要起立鼓掌了。

而前两天，正巧在咖啡厅遇到了小德姐，她看来容光焕发、神采飞扬，虽然还是继续使劲地聊着她的工作计划，但却多了一点爱情点缀出来的温柔。说到 Mr. Z，她的眼睛笑成两条弯弯的弧线，她说："那天他很白痴，说做梦梦到我突然跟他说：'我决定还是要自己去闯一闯、浪迹天涯，我走了喔！'满头大汗地吓醒后，像个男孩般找我抱怨。哎唷，我现在当然不会这样对他啊！"
她说现在两个人很稳定，日子也过得开心，其他什么事的就不多想了，反正一切顺其自然。我止住了想要问问他们接下来有没有什么计划的欲望，你知道的，好像对于情侣交往久

　　　　　　　　　　　　　　　过尽千帆的爱情

了，总想问问他们的那些问题，并不适用于他们身上。

因为大人们的爱情是不需要跟人交代的，特别是这种，过尽千帆的爱情。

当然也不是都那么水

有一种爱情
叫作
进元与美丽

爱情到了几十年后，到底会长成什么样子呢？

我们常常有着这样的疑问，尤其是看着父母或是叔叔阿姨们的相处模式，家家都有本难念的经，五花八门的精彩程度可一点儿也不输给二十郎当的年轻孩子们。终于，我们也走到了开始会在长辈身上找寻自己未来的想象的年纪，其实有点担心。

好像那些爱呀，随着岁月摧残、年华老去，似乎都消磨殆尽了。又或者是，上一代的人们，比较不善于把爱挂在嘴边，而是放在内心最深处，然后就这样互相埋怨着、斗着嘴，也就过了一生。总之，爱情到了后来，好像变成了一种很隐晦、被压抑、甚至不能说出口的情感，辜负了那"直教人生死相许"的伟大形容。

直到我认识了进元与美丽。

进元与美丽是好朋友的爸爸和妈妈，一个温柔感性巨蟹座男人和开朗霸气狮子座女人的完美组合。虽然在辈分上当然是长辈，可是好像自然而然，我们这群老大不小的孩子们全都大剌剌地直呼他们的名讳，只在撒娇要赖的时候会跟着好友喊着"爹地妈咪"。也许是因为，在他们身上，我们看到的，是比我们还强大的年轻活力，以及一种粉红色的恋爱光芒。

对，就是粉红色的恋爱光芒，不但一点儿都没褪色，还散发出耀眼的霓虹光晕。

美丽说着年轻时候，才气纵横的进元开了一家唱片行，务实负责的美丽在红极一时的保龄球馆任职会计大总管，两人忙归忙，日子里也兼具了理性与感性的平衡美好。而在那之前，美丽也曾经是拍广告的漂亮模特儿，进元对她是一见钟情的猛烈追求，当年可是帅哥美女的般配情侣。而现在的他们，共同经营着一家外表是火锅店、其实比较像酒吧的餐厅。每天送往迎来、觥筹交错，每一个客人都像是家人一般，在这熟悉的地方，交换着所有快乐与悲伤的心底事。

当然也不是都那么水

通常进元主厨炒完菜，脱掉了那条充满主妇感的围裙后，就拿起自己的酒杯，一贯的嘻嘻哈哈，开始从第一桌聊到最后一桌，话题什么都能聊，我们的工作、家庭、爱情、娱乐，他们的爬山、旅行、家人、儿女的恋爱，偶尔酒兴来了，甚至聊聊他和美丽的私生活，直到美丽竖起耳朵，他就会像个孩子般调皮地笑着说："嘘！妈咪来了，我们先不要讲好了！"然后跟着我们一起哄堂大笑着，独留满脸狐疑、斜眼瞪着他的美丽。

但通常这么一轮过后，就会看到进元默默地找了个无人的沙发，先呼呼大睡了。

接着美丽才开始华丽登场，举着自己的酒杯，一小口一小口秀气地抿着，却声势比人强地哄人"你要干杯啦！"或是干脆用撒娇的，"唉哟，妈咪想跟你喝一杯嘛！"她柔着身体的那股嗲劲，不论男生女生、男人女人，没人抵挡得住。

这样你怎么能够把他们当长辈啦！

我常常看着他们，想象着以后的我们是不是也能够这么快乐放肆。每年美丽或进元生日时，所有客人也好、朋友也罢，全都自动聚集到火锅店，吃饱了，夜深了，大灯关了，打开蓝色迷幻气氛灯，音乐播放着摇滚乐，蛋糕端出来的那一刻，音乐立刻转换成路易斯·阿姆斯壮的爵士版生日快乐歌，他俩就会站到桌上，手牵着手，在不是太宽敞的桌面上跳起浪漫的双人舞，全场也同时沸腾。

那种沸腾是直达心里的。不像聚集在广场跨年的那种，也不是在球场看球得胜的那种，那是很细腻、很感动，甚至是很自我投射的沸腾。为这种越陈越香的爱情，热烈滚烫的沸腾。

两个人牵手了几十年，彼此已是生活与工作上最紧密的伴侣，什么小缺点坏习惯都了若指掌了，却也不那么在意了。每次讲到对方，总露出青春期男女的暧昧难解，说着抱怨的话，表情却是甜如蜜糖。这辈子，一直在爱里面的两个人，好幸福。

如果有一天，我们对爱情感到绝望了，一定要提醒自己，有一种爱情，叫作进元与美丽。

当然也不是都那么水

主角说

进元：众里寻她千百度，蓦然回首，那人却在灯火阑珊处。

美丽：好写实也好精彩，感觉我们真的好相爱，好幸福！但我怎么没有感觉到啦！

有一种爱情叫作进元与美丽

当然也不是都那么水

当然也不是都那么水

老娘的
自白

Chapter 03

当然，也不是都那么水

一夕变大人

最近我很喜欢去吃东区的一家港式粥粉面餐厅"1976"，尤其是他们的腊味饭、腊肠包、豉汁排骨饭、云吞汤之类的。这类的餐厅台北有很多，但也都有点小小的不同差异，空间大小、座椅舒适、米饭口感、食物香气、点心的种类、辣椒的选择多寡、服务态度，等等，那些看似微乎其微的小细节，都默默影响了这家餐厅之于人的好感度。

据说这家餐厅的老板是我的初中同学，其实我根本不记得他了，只是有次初中同学聚会时，大家提到了他，我才知道，喔，原来他是我的初中同学。每次都在那个透明玻璃的厨房里忙进忙出的，扎着个小辫子，满脸辛勤的汗珠滚下，大家都叫他二宝。却怎么想也想不起，他初中时候是长什么样子，我是否曾与他在学校那长长的走廊擦身而过。

但其实他初中长什么样子好像不是那么重要，就像我也不太能想起来自己那时候的样子，想起来的都是照片里面的影像，而非真实处于当时年纪站在镜子前所看到的模样。

这一切想起来就是很模糊很魔幻。

二宝和我，虽然在初中时候没什么特殊交集，隔了二十几年后，他却成了我在选择港式小吃时的心灵依靠。就那么一瞬间，我们从同校不相熟的初中同学，忽然变成在这城市里努力的大人了。大人就是大人了，好像没什么好多说的，反正每天就是工作吃饭睡觉，差不多就这样过着大人各自的生活，有时候他的太太会带着孩子去找他，有时我会牵着我家大个儿一起去吃饭。我们像两条无限延伸的平行线，从少年变成大人，只有在那碗香喷喷的、铺满了腊肠、肝肠、香肠、半熟荷包蛋和几条芥蓝菜的腊味饭上才有交集。

只是每次看到他，还是会让我想起，我们怎么一瞬间就变成大人了，这件事让我有点迷惑。

我的初中生活是非常精彩的。在那个情窦初开的年纪，学校严

当然也不是都那么水

格规定男女不能有互动的老古板时代，玛丹娜唱着 Papa Don't Preach，被过度压抑的我们总像是脱缰野马那样的桀骜不驯。其实也不是干了什么坏事，只是越是不能做的事情就越想去做。我认了三个很罩的干哥哥（现在名字也都忘了），学会了逃课和爬墙，每天翻墙出去其实也只是跟男生在学校对面的汉堡店无事闲聊，下课后在学校附近的中央公园玩闹着不回家，周末还会偷跑去跳下午舞厅包场的舞（现在想起来那到底是什么鬼），常常假借去图书馆的名义跑出门玩耍，枉费了爸妈当时千方百计帮我挤进那所升学率很高的明星学校。虽然我的学习成绩还可以维持在父母跟老师的要求范围，只是心思老是飞呀飞得不知道飞去哪里了。

现在想起那个年纪，只记得，蓝色的学生裙里一定要加一件短裤才不会走光，学校里比较帅的男生的蓝色学生裤都会改得泡泡飘飘的走路有风，学校围墙栅栏顶端的尖曾经钩破了某个班上矮个子女生的裙子，对面汉堡店的老板娘是个年轻的香港人、总是刀子嘴豆腐心地骂着我们这群死孩子，男生每次都蹲在我们教室门口用橡皮筋把情书射进来，然后大家抢着看这次是要给谁的。却也想不起来教室到底是长什么样子。

一夕变大人

还记得当时发禁刚解除，我拿着杂志照片去剪了一头不对称的新潮短发，一边削成刺刺的男生头，另一边是勾在耳后学生头的长度，被训育组长大骂了一顿却还是觉得自己很帅。

啊，那美好的青春呀，怎么怎么，我们一夕之间就变成了大人了呢？

当然也不是都那么水

四十岁，不可怕

从来没想过，我曾遇上这个数字，一个不注意，一觉睁眼醒来，我竟然已经四十岁了？！

揉揉惺忪的睡眼，我迷迷糊糊地走进浴室，把脸凑近从不骗人的镜子，仔细检查毛孔细致度、皮肤紧实度，还有这阵子冒出来的那颗青春痘，还做了几个夸张的脸部表情，查看那些所谓的表情动态纹路。准备冲澡前，再认真看看自己的身体曲线，肩膀、手臂、胸部、腰部、臀部到腿，这样子的自己，虽不算满意，但也算过得去了，而我竟然已经四十岁了？！

也许是生日才刚刚过去，或者是数字本身就是个空洞的存在，我还是感受不到四十岁这件事情，在实质上所带来的任何不同或不妥。

当然必须承认，为了这一天的即将到来，我已经恐慌了好几个月。

那种恐慌非常奇妙，像是为了一件你明知道不会怎么样的事而莫名害怕。你说不上来究竟在怕些什么，但心里好像长了一只虫，咬啊咬的，轻轻啃噬着，痒痒的、刺刺的，不太碍事，却也无法忽略。

于是我问了身边一些姐姐朋友，当她们四十岁的那一天来到时，会害怕吗？普遍得到的答案就是，怕当然也会怕，但是跟二十几岁变三十岁那时候的害怕比起来，轻微多了。因为你从三十岁的经验中，已经学会了一个简单无比的道理——过了四十岁生日，你的人生同样也不会因此而面临毁灭。

姐姐们说，四十岁，更豁达更美好，更加值得期待。

但身旁的男人很实在地说了一句话，"迈入四十岁，就代表着，你的'未来'已经开始比你的'过去'短了。"

姐姐们说得正面积极，男人说得现实残酷，该相信谁的呢？当然都很有道理，主要看你要从那一个面向来面对这件事情。我早已不再羡慕青春无敌，也学习不再哀怨时光荏苒，"是人都会老"这句话，已经成为我面对年龄这问题，最洒脱的回答。

当然也不是都那么水

于是就在既期待又害怕的心态中，走向四十这个全新的纪元。

三十到四十，是我目前觉得人生最丰富也最精彩的十年，经历了一场轰轰烈烈、惨绝人寰的失恋，谈了一场甜甜蜜蜜如偶像剧般浪漫的恋爱，从不婚主义者变成了结婚万岁的拥护者，嫁了个把我捧在手心的好老公，出了几本自己很喜欢的书，做了几个有趣的节目，飞去了好多梦幻的国度，开了家服装店，好多好多小时候的梦想，都在这十年中，未曾缜密计划却顺水推舟地一一实现。我开始相信我真的是个好命人。

那么接下来呢，接下来的十年呢？

我的恐惧渐渐被期待吞噬了，像是在翻开一本很喜欢的小说的第一页那样，我翻开了自己人生新的扉页，像一名忠实读者那样，满心欢喜地要看看接下来的故事会怎么继续发展。
我从不认为自己是这本人生之书的作者，那太辛苦太用力了，我还是维持一贯随性的态度，当个认真的读者，怀抱着开放的心情，准备阅读这接下来十年的精彩美好。

四十岁，其实没那么可怕。

受虐者
人格

一直在爱情这门课程中努力着，以一种从来没有对其他事情那么努力过的毅力努力着，只是到了后来才发现，那些无法突破的盲点，还是存在于最根本的人格当中。

不知道是不是年少的天真，小时候总以为即便所有事情可能都不尽完美，但谈恋爱，只要很尽心尽力地投入，飞蛾扑火那样的不顾一切，总会成功的。"有志者事竟成"说的不就是这样嘛。

也许就短期目标而言是这样的没错。把所有美好可爱的样子都留给恋爱的对象，努力达成那些原本不属于自己内在的性格表现，包容忍耐那些令自己抓狂失控的人事物，只为成就眼前这一份得来不易的感情，那多么壮烈伟大的情操。只是，我看你到底能撑得了多久。

步入爱上同一个男人的第十年，走向婚姻生活的第三年，那

当然也不是都那么水

些拴紧的螺丝木椿如同那座老旧的木头柜子，被生活的虫子蛀了、被密集使用的频率磨损了，于是开始吱吱作响，摇啊晃啊的，只差一个里氏规模六级以上的地震，可能就要解体得四分五裂了吧。

是呀，生活挺磨人的。虽说依旧爱得浓烈，但那些张牙舞爪的恶魔嘴脸，一不小心就冲破了天使面具，出来考验着彼此的忍耐极限。常常会有这样的感觉，特别是在失控越来越常发生的某些日子里，那样打回原形的残酷，是在甜美爱情当中谁也无法逃避的真相。

爱情是面照妖镜，在对方的脸上，我们也看到了最不堪的自己。

所以还是得面对的吧，别以为躲在爱情里面，我们还真是纯洁无瑕的天使。值得庆幸的是，通过对爱情的学习，我们终究能够面对性格中最不想面对的自己。然后也许修正，或至少开始有意识地去探索那个躲在心里，因为受过伤而变得讨人厌的小女（男）孩。

记得那天，在出版社总编辑好友牵线之下，我与大个儿，跟许多演艺圈天王天后（蔡依林、舒淇、朱孝天、林熙蕾等人）的御用养生咨询师，出了好几本"择食"系列书籍的邱锦伶老师有了餐叙的机会。我们约了一家大家熟悉、也都能感觉自在舒服的餐厅。

邱老师在书里说着，因为生命历程的考验，自己其实是从地狱走过来的人。甚至，有很多人在与邱老师做择食咨询的时候，会说老师你根本通灵吧，因为聊着聊着，不只是聊如何选择适合自己的食物，而是一箭穿心地聊到灵魂痛处，从身体健康聊到心理健康，再次证明"人"是个多么奇妙的生物，所有的好与不好全是牵一发而动全身的密切关联。

邱老师是个温柔而淡定的女人，甚至感觉她整个人带有一圈温暖的黄色光晕，散发出在脆弱时候可以马上哭倒在她身上的那种安全感。但是她也有一双无敌锋利的眼睛。当她直直盯着你的时候，你会马上有种无处可逃的慌张感，就好像再多的笑容表情掩饰，也无法藏住内在的焦虑不安。我不断尝试着调整呼吸，嘴巴不停地一口接着一口吃着眼前的菜，虽有点食不知味，但想着也许可以借着吞咽把紧张也一并吞下。希望自己看起来不要像只受到惊吓的小鹿斑比，或至少不要那么害怕，被初次见面的她一眼看穿。

然后才发现所有担心竟是如此无谓。

当然也不是都那么水

邱老师不间断地和我们聊着，像好久不见的老朋友般，有意或无心的，她提到有时候也会为夫妻做婚姻咨询。而正好在那阵，我俩处于常常不小心擦枪走火的日子。

大个儿像个男人那样，大方地聊着我们之间的小事，什么我很爱没事找事啊，什么我对于幸福很没安全感呀……我瞄着他，想着他永远是主动出面解决事情的那方，而我却总是那个逃避再三的胆小鬼，真是绝配。

"你这就是'受虐者人格'的表现啊！"邱老师看着我吐出了这句话，好严重的字眼，一时之间很难接受也无法了解。"受虐者人格来自于小时候可能在有被体罚或是没有安全感的成长环境长大，渐渐地，会习惯用'受虐／害者'的姿态来面对世界，你非常熟悉扮演一个受虐／害者该有的反应和互动是什么，久而久之的，反而躲在这样的角色里面，会很有安全感。""而当被害或被虐的感觉消失，你就会突然不知所措，然后就会自己下意识地创造这样'害与被害'的关系，来维持一贯习惯的自怜样貌。"

邱老师这两段话，一字一句像刀一样插到我的心脏，我傻住了，想试着反驳，却愣了。
回想着父母跟学校师长在那个大家都说"不打不成器"的年代

的严厉打骂教育，想着小时候因为妹妹的乖巧顺从对比着我的调皮叛逆、而挨了无数冤枉的揍，而一身反骨不过是越练越硬，心里却越来越敏感悲伤。于是年幼的我无所不用其极地、想尽办法跟这个世界对抗，但经常的结果就只是身为一个小孩子的绝望。但我知道有一天我会长大、会有能力拥有属于我自己的人生。在那之前，也只能如此行尸走肉地跟你们耗着而已。

当然现在早已释怀，也懂了父母师长不过是用他们被上一代教育的方式来教育我们罢了，"我们小时候犯错不但要被大揍一顿，还得在蒋公的照片前面罚跪呢！你们算好命的了！"在眷村长大的妈妈老是这么说着她的小时候，只是我不懂我这样好命在哪？而在他们那个时代，没有网络也没有什么育儿专家的系统整理，父母亲依照着自家的土法炼钢，希望教育出最成材最优秀的儿女，那样强硬的爱，现在想来，真是难为了彼此。不过，也终究还是无私的爱。

这件事已经花了我好久好久的时间精力，只是很可惜，理性的了解与释怀并不能立刻抚去灵魂上的伤。在邱老师的当头棒喝下，我才惊觉，原来连在我以为好正面健康的恋爱关系中，我仍然被内在那股积压已久而强大的负面能量默默拖曳着。

当然也不是都那么水

我终于知道，为何"反正不论如何，到最后我一定还是会孤老一生"的想法会那么如影随形地死跟着其实幸福的我；每次感觉好幸福甜蜜的时候，就会有股莫名的害怕恐惧从胸口袭来，好像这所有美好会在下一瞬间就消失不见；在工作成功、获得好评的时候，会觉得尴尬而不知如何应对，好像天生一直是个"Loser"，会比较轻松好过一点；在平顺愉快的日子里，总有强烈的欲望，在鸡蛋里挑骨头般，利用些小事来找碴，再哭诉着"你是不是不爱我了？"甚至有一次，大个儿被激到脱口而出，"你究竟想要证明什么？你究竟要找到什么证据来证明我其实是不爱你的？这样你就可以躲进你悲伤的小世界里自怜了吗？"

现在想来，当时的他根本是神回答。

这一切的一切终于水落石出有了合理的解释。如同邱老师所说，也许真的没办法在短时间内完全修正，但"有意识"正是改变的开始。

要心怀感恩地去拥抱幸福快乐，要心安理得地去享受努力过后的成功，要相信自己理应得到这样对待，不要再把潜意识里受过的伤害转化成生命中理所当然的诅咒。并且要时时刻刻提醒自己，我已经踏上了转变的道路。

当那个内在好可怜的小女孩又想要露脸的时候，记得温柔地跟她说，这一切都已经过去了，现在的你，过得很好很快乐。

主角说

邱锦伶：身为咨询师的我，最常跟我的案主说的一句话是：所有现在让你痛不欲生的伤痛，总有一天，会成为堆叠出你生命厚度的养分。前提是你愿意面对内心的创伤，寻求疗愈的可能！而真正有质感的人生，其实都是从疗愈内在的创伤出发……

当然也不是都那么水

少在那边

少在那边恐吓我，什么女人过了二十五岁就开始衰老、过了三十就没人要、过了四十连觉都睡不好。

少在那边吓唬我，从小被吓到大，直到四十岁这才开始清楚知觉，我们是如何被别人的生命经验、一大堆的道听途说操弄着，皱纹根本不是自己长出来的，是被吓出来的吧！

小的时候，父母师长总殷殷盼望着，我们能够出类拔萃、出人头地，长大成为一个与众不同的人，但是，为什么当我们真正长大了，却又期望着，我们可以"跟别人一样"呢？

于是一个个天生不同的孩子，没有选择地、被送上名为"社会大众价值观"的工厂输送带上，年龄与时间转动着不停歇的引擎，我们被动地往前推进着，二十出头踏入社会，三十岁结婚，四十岁前生小孩，生完一个最好马上再生一个、因为两个孩子恰恰好，最好买栋房子背上几十年的房贷，找份踏实稳当的好工作，别忘了要为了家庭孩子牺牲奉献你的人生，直到___（以上开放填空）为止。

我相信叛逆的人大部分都是来自天生个性，打从有记忆以来，我就不停地质疑着所有的威权与规范，当然不是单纯想作对，只是渴望从中找出个什么可以说服自己的道理，让自己可以老老实实地、甘愿成为一个少数服从多数的人。当然大部分时候不是那么成功，所以我的人生长成了这个样子，可我也没觉得有什么不好的，反而，这样还挺不赖的。

但是，即便你已经用自身的经验当作对这社会单一价值观的无言抗议，却也无法阻止那四面八方袭来的无孔不入的恐吓与威胁——专家说、根据医学报道指出、我朋友说、隔壁陈妈妈说……唱不尽也说不完的假性威权言论。"视而不见、充耳不闻"绝对是门需要练习的修养，由内在逐渐建立、日趋强大的自信更是抵御假性威权的最佳利器。

别人再怎么样，那都是别人的人生，而我该怎么坚定地选择属于我的人生，这才是一切的重点。

四十岁的我比二十岁的我活得更自在、更健康了，也比三十岁的我过得更安稳、更快乐了。可能是婴儿肥消得比较晚的关系吧（最不要脸），我脸上还没出现什么讨人厌的皱纹，睡得不好的时候泪沟会跑出来，不过用专业手法按摩一下眼周也可以改善，还没有老花眼和白头发（叩叩叩敲木头三下），精神体力没什么衰退现象，睡得也还不错，身材更是比二三十

当然也不是都那么水

岁时来得紧实好看，体脂肪率维持在百分之二十以下，还要继续努力。

喔，对了，那可能是因为现在的我睡得早了、吃得健康了、开始固定运动健身了、看中医调理了、保养得更勤了，那些自然而然因感受不同而去做的改变，让四十岁的我感觉美好。改变必须诚实地来自于自身，而非人云亦云地被牵着鼻子走啊。但是，如果你还是硬要说这就是中年危机的话，那我也只好认了，随便你了，反正我们从来就不是同一个世界的人。慢走不送。

老妹的
信仰

随着年纪越来越大，渐渐发现自己很需要信仰，信仰让人安心，信仰让人有努力往前的力量。

这里所说的信仰，无关佛祖神明耶稣安拉或是圣母玛利亚，甚至在很多时候，对我而言，于这份信仰的倚赖，其实并不亚于宗教。

反复思量许久，该怎么用精确简洁的文字来形容这个信仰呢？我想，那是某件"确认自己仍究会不断进步"的事情。

譬如说，我在三十好几岁时，突然决定要去矫正牙齿。其实我的牙齿本来也没有看来太明显的问题，下排牙齿有几颗稍微歪了，咬合有点不正而已。记忆中，起因于有一天有个可爱女生留言给我说，小米我好喜欢你的牙齿，好有特色喔！我才惊觉，我的牙齿好有特色？！有特色当然不是件坏事，只是对于单一标准美感的牙齿而言，"有特色"可就要好好

当然也不是都那么水

思考了，那就像是，你总免不了在某些社交场合，对着面前那位 M 型秃头秃得厉害的人物说："你的发型好酷好有特色喔！根本就是台湾裘德·洛啊！"当然是不小心喝醉了以后的失言，酒醒后懊恼了很久很久。

回家照了好几天的镜子，上下左右看来看去，对着镜子说话大笑大叫，那几颗歪掉（而且好像越看越歪）的下排牙齿突然变得真的很碍眼。从此之后，每次看到自己的照片或工作影像，就只看得到那几颗很有特色的牙，慢慢变得巨大，从照片中慢慢浮出来，然后立体了，最后占满整个视线。

花了一笔不算小的钱，我决定开始整治我的牙。从疗程开始不久之后，我马上感受到了牙齿矫正的美好，我开始劝说身旁好友们一起加入牙齿矫正的行列，几乎成了朋友圈中的代言大使。因为，牙齿矫正，它不只是牙齿矫正。

"你要想想，到了我们这个年纪，有哪件事情，是只需要固定去做，不用劳心费神，就可以保证一定会一次比一次好，永远可以得到进步的呢？"如此的励志开场白，每每一字不漏地重复给不同朋友听着，一向没耐性的我却从不嫌烦。

我的确是有点激动而小题大做的。

想想长大后的人生，我们常常有力不从心的时候，很努力却无法得到回报，谈恋爱也好，工作也是，付出跟回报不成正比是稀松平常的事。虽然也许早就习惯了，但当有件事是比"直升大学保证班"还更有保障的时候（更别说很多保证班的学生还是继续落榜的啊），那就是我们这些漂泊心灵的短暂依归，更遑论那是在你分期付款付清了之后、牙医还得必须对你负责一辈子的责任，在某种程度上，真是比爱情还令人值得托付的啊。

于是牙齿矫正的确给了我（们）几年的美好时光。

当然不会只有牙齿矫正。

我还同时去学了气功。说"气功"这两个字有时听来太怪力乱神了，因为没有飞檐走壁、隔空抓药，更没有草上飞或铁砂掌，我们比较喜欢称这门学问为气学——气的学问。气学无关宗教，当然也不用拜佛念经或烧香，它让我们了解人体本身气的运行，以及用自己的气来治疗自身或他人的不适。

我知道这听起来还是有点儿玄，但请原谅我就这么一笔带过了，毕竟这不是几百个字就可以解释清楚的深奥道理。总之，在遇上很多西方医学只能治标无法治本、找不出病因的大小身体病痛中，气学的确帮助了我们很多。这也是个让人不断变好的信仰，关于身体健康。

当然也不是都那么水

后来，通过出版社的好友，认识了邱锦伶老师，认真阅读邱老师的"择食"系列书籍并且身体力行。简而言之，择食的概念融合养生和中医的理论基础，让我们"选择适当的食物"，避免所有可能因为上火而导致身体有发炎反应的食材以及烹饪方式，而达到健康的成效。我承认我一开始真的是为了减肥，或者说为了摆脱困扰我十几年的水肿问题，而择食是真的很有成效，于是我又尽责地开始在朋友圈努力推广择食了。而我也确实因为择食而拥有了大口吃白米饭（我以前碰都不敢碰）的权利，并且体重持续创下新低。

直到择食后约莫一年，因为再也无法重复着某些菜单上固定的药材口味而半放弃了，所谓的半放弃的意思是，我没有百分之百地按照择食菜单的食物进食，但在用餐的原则上面，也因早已习惯这样的改变而继续坚持下去了。我谢谢择食，它也是我一年多来的饮食信仰，让我内心安定、吃得心安理得，并且带来了相信会是一辈子趋于善的改变。

但是，在无法继续坚持择食后的那几个月，我不但心里空虚了，身上也多了几公斤的肉。人总是这样的，拥有的时候不觉得有那么珍贵，失去了却立刻慌了手脚，特别是，我所说的，这样的信仰。

这时才发现，我是一个多么脆弱渺小、多么需要被输入指令、

　　　　　　　　　　　　　老妹的信仰

多么依赖信仰的人啊！

我最新的信仰依靠是健身。每周两次、每次两个小时，在私
人教练恩威并济的一对一督促之下，很快的，身形出现了改
变、体力也有了明显的增长，好像好像，连脸颊也变得更加
紧实了。我每天满意地看着镜子里面逐渐紧实的身体线条，
开心地笑着，终于，我又拥有那种踏实的感觉了。

当然三分钟热度如我，还真不知道这次可以持续多久，但唯
一可以确信的是，每一个不同的、我所称之为信仰的事情，
在经过时间的沙漏去芜存菁之后，都会遗留下一些美好，来
丰富我的生命和心灵，让我在偶尔荒诞放肆的生活中，得到
一些获取身心平衡的自我慰藉。

当然也不是都那么水

老娘的
自白

年过四十有个好处，那就是，你再也没有任何耐心做表面功
夫了！

不论是对人、对事，你再也没有耐心浪费时间去假笑、假聊
天、假装当朋友、假装有兴趣、假装享受、假装所有那些你
压根不想假装的事，那些四十岁以前觉得很理所当然的、为
人处世的社交礼仪，会渐渐地被益发清醒且壮大的自我感受
取代，这一切的转变，再想出更好的代名词前，姑且就称之
为"老娘化"。

对，我正身处于"老娘化"的过程之中，虽然有时候还是会
反省是否太过于直白自我，但大部分时间是更加快乐轻松
的。有种终于松了一口气的感觉。在从小到大为了符合不论
是社会、大众、学校、家人期待的长时间努力（有吗？）过

　　　　　　　　　　　　　　　　　　　　　　　老娘的自白

后终于到了可以比较接近"做自己"的阶段。而那些心里的实话，竟然也会一而再、再而三地不小心就脱口而出了，完全不需要依赖酒精什么酒后吐真言，是根本，连谎也懒得撒了。

感觉自己好像正迈向人生的一个新的旅程，开始发现内在自我的声音，强烈到无人能够抵挡，有些挣扎也有很多惊喜。像是金蝉脱壳，也像绿巨人浩克的变身。

就像是——

我很怕生，我不喜欢交朋友。
从小到大累积的朋友很多很多了，老是觉得这辈子就这些朋友就够了。但你总会遇上新的人，总是会有些无法避免的关系而必须成为朋友，那每每让我有些困扰，虽然我看来也是欣然愉快地接受。事实上，我觉得交朋友是需要时间和时机的，朋友也不是一交上就一辈子不离不弃的，这要感谢我那些从小就经常漂泊无踪的好友们，让我逐渐对于朋友的来来去去感到释怀。身边真的被我视为朋友的人，一般都是认识至少十年以上，最长的有二十几年了。一开

当然也不是都那么水

始也许不是那么熟稔，总是在某种彼此不勉强的机缘里，大家越走越近，变得亲密。我有可以一起吃饭的朋友、一起喝酒的朋友、一起看电影去演唱会的朋友、一起踏青出游的朋友、一起工作的朋友、一起运动的朋友、一起聊身心灵的朋友，有些可以横跨大部分的领域，有的就只能一起做其中一件事，那把衡量归类的丈量尺就在我的心里，严肃而不能打破藩篱。还有些朋友，只能在大型聚会中互相点点头、真的喝醉的时候聊几句，属于真正的点头之交。我最怕那种，刚认识就拿出赤诚真心与你交换、买一堆小礼物送你，说着"我看到这个就想到你啊！"三天两头讯息问候的"窒息式新朋友"，面对那样窒息式的友情，虽然知道人家只是热情而充满善意，但我一定会逃的啊，逃到天涯海角最后避不见面的那种逃。但总归来说，我真的不喜欢交朋友，朋友不是交来的，朋友是自然而然走在一块儿的，在茫茫人海中不费力的最后会走在你身边、给你一个轻松而懂你的微笑的。

其实我怕吵。

我很爱玩，但我怕吵，吵的定义在于所有不悦耳的声音，不悦耳的定义是从耳朵听进去就不开心或烦躁的事物。我尤其怕吵的人，不论是声音太大，或大半从嘴里吐出来的声音话语总带有弦外之音的人，像是希望引人注意啦、自以为幽默啦、爱发号施令啦、讲话没意义啦、故作姿态啦，我都很无法忍受，一秒都嫌多。我其实挺能享受没有对话的空白感，就算两个人在一起，没有话说就不要硬说，也不会感到丝毫尴尬，有一句没一句的也是一种悠闲。最怕那种没话找话讲，竟然还是一个开放性疑问句的状况，我还得思考并回答无意义问题的窘态，浪费彼此的精神力气。

我是个极度懒散的人。

从小到大，所有的寓言故事都告诉我们，懒散的人没有好下场，让我根本没察觉到自己根本就是一个很懒散的人。我从小就很懒，懒得早起，懒得念书，懒得上体育课，懒得做家政手工艺，懒得写作业。懒归懒，好像也就懒懒地、并且顺利地完成了身为一个孩子该达成的任务。长大以后还是继续懒啊，继续懒得早起，懒得做饭，懒得打扫，懒得化妆，懒得工作，日子好像也没过得比较差。我才发现自己真的是一个很懒的人，但当一个很懒的人也没什么不好。就像现在，我还是很懒得写稿啊，即便编辑心急如焚，我还是依照自己懒散的节奏慢慢敲打着电脑键盘，总会写

当然也不是都那么水

完的嘛，我老是这样想，工作啊事情啊总会做完的嘛，懒一
点比较轻松快乐。这样讲好像真的很不要脸，但我真的是一
个极度懒散的人啊。

我喜欢喝酒。

小时候，家里的餐桌上永远放着一个很漂亮的水晶大酒壶，肚
子大大的、口小小的、有个锥状圆头的塞子塞着，上头还有着
精致美丽的雕花，装着黄黄的酒，旁边搭配着两个水晶（也有
雕花）的矮口杯。我一直对于那瓶子里的酒很好奇，每当瓶塞
拔起总有一股浓浓呛鼻的酒味，大人说，小孩子长大了以后才
能喝。后来长大了，我们一家四口在聚餐时，妈妈总是会帮我
们一人准备一瓶红白酒，对，一人一瓶，边吃饭边慢慢喝，喝
到四人脸红红的才会离开餐厅。我一直认为对于喝酒这件事好
与坏的概念来自于原生家庭，有些人可能从小家里有人喝醉会
家暴或闹事而痛恨极了酒精，有些人可能从小家里没人喝酒而
滴酒不沾，可在我们家，酒精一直是好朋友，餐桌上的酒代表
了愉快和放松，甚至说是一种完全的互相信赖，这让我喜欢喝
酒。我喜欢跟朋友温馨地喝着酒，在特殊日子里疯狂一点也没
关系，喝醉了干出一些白痴蠢事，一辈子被朋友拿来说嘴当笑
柄，也是种青春的记忆，当然大部分时间还是回家倒头就睡上

香甜的一觉。我喜欢喝点酒，在忧伤或是快乐的时候，让灵魂得到一点释放的空隙。

我很爱吃淀粉，各种淀粉。

对于一个一辈子在跟自己体重和身材奋斗的人来说，要承认这件事情其实很残忍。曾经我已经自我催眠到一点儿都不喜欢吃淀粉了，但自我催眠这道魔法在老娘化的过程中已经完全崩毁了，毕竟老娘化就是不想骗人更骗不了自己呀。那天，跟我的健身教练讨论着该如何通过选择食物来继续降低体脂肪，聊着聊着，我才发现，我一直不爱吃青菜水果，甚至各种肉类海鲜我也可以放弃，唯一只有淀粉，各类的淀粉，都可以让我感到满足与喜乐。我爱吃米饭、面食、馒头包子、面包、芋头、菱角、糖炒栗子，所有我爱的食物都含有大量的淀粉，这听来实在不应该是一个爱漂亮的女子口中所说出来的话啊，但这却是实话。我很爱吃淀粉，但为了身材我努力克制，我觉得这样的牺牲非常值得自豪。

当然还有好多好多，我不喜欢跟别人一起逛街，我讨厌不熟的人碰到我的身体，满身铜臭味的人让我很厌烦，我有一点脸盲……那些以前不敢说出口，或是不愿意面对的性格弱点

当然也不是都那么水

（或是优点？）在我所可以预见的未来当中应该也不会有什么大改变了，在老娘化之后，全部都毫不犹豫地彰显出来了，像是纸包不住火那样，不需要做任何无谓的抵抗，大方接受这些既定的事实，好像也不错。

呼，只能说，说出来的感觉真好，老娘很爽。

那个
曾经熟悉的
你

曾经无数个夜晚，对着电脑，跟女生好友聊着生活里的不顺心，直嚷着"长大好烦啊，可不可以不要长大?!"我们其实都知道那只是幼稚地发发牢骚，但也庆幸有人可以一起讲着这些无意义的屁话。有的时候，你就是不需要别人告诉你那些谁都知道的大道理，就是只想抱怨而已。即便如此，日子还是得一天一天地过，现实也终究需要好好诚恳面对。

长大很烦，因为人生永远有新的挑战，不同的年纪与生命历程，就会面对不一样的难解问题，没有人可以逃得过。家庭、学业、工作、恋爱、结婚、生子、经济能力、欲望……对了，还有友情，这几个不同面向的问题，总是如同鬼打墙一般不断循环着制造出每个人的快乐与烦恼。

偶尔在社交网络上跳出来的那个熟悉的名字，那张曾经几乎每天腻在一起的面孔，现在看来为何如此陌生。不是胖了瘦了或老了微整形了，应该是眼神变了，变得不太认识了。

当然也不是都那么水

我们曾经是那么的要好啊，一起吃饭喝酒、一起谈天说地，谈论着恋爱里的喜悦悲伤，买一样的包包穿一样的衣服，生活中的大小事也都想要第一时间分享，怎么才隔几个年头，就成了这城市中两个擦肩而过、点头僵笑的陌生人，连脸书的交友邀请键也提不起劲儿按下去的那个，陌生人。

甚至，有些我知道你一定会去的场合，我就干脆不去了，避免那些无从对外人解释的尴尬，我想你也是吧。

当然没有必要细数我们是如何的对彼此付出真心真意，又是如何的在心里受了重重的伤，女孩儿的细腻心思有时候根本不好意思说出口，太小家子气了。只是，若已走向分歧的路途，就算两人望向同一片山水，看到的也是截然不同的景色，那是一段没有对错的往昔，只剩下错过的遗憾。

如果说人生是一趟旅程，我总爱想象成缓慢而风光美好的火车旅行。今年的二月，从阿姆斯特丹乘着火车，缓缓地到了柏林，之后再从柏林到慕尼黑再到维也纳，窗外的景色就这么无预警地变换着，随着气候天色、建筑外观、空气的颜色而幻化成一幅一幅只能够停留在脑海的画作，我看傻了眼、简直呆滞了、定格了，我讶异着短短数分钟内从大片青绿色草原进入皑皑白雪银色世界，像是有人趁你不注意、一眨眼时，就快速抽换了眼前那张幻灯片似的，令人措手不及地充满惊喜。然后是河川、高山、平原、城市……不断更迭。

有些美丽，就只有一秒钟的时间，稍纵即逝的一秒，却可以在脑海里待上一辈子。

火车到站了，邻座的女孩背起了几乎比她还要大的后背包下车了，上来了三五成群的年轻人，开始在车厢嬉闹着，我还是继续坐在原位，平稳镇定地朝着目的地，继续前行，一站坐过一站。

我不知道那个往日熟悉的女孩为什么变成今天这个模样，我也曾试过了各式各样可行的方法想找回从前的情谊，但也许她终究有她跟我不同的人生目的地，谁也不能勉强谁。陪伴过彼此一段不算短的路程，可能还是非常颠沛流离的那段路，然后，她背上了回忆的行囊，下车了。她身边开始出现其他的同路人，我也交上了不同的好朋友。

有时还是会不停地回头张望，不经意地在共同好友间听到她的新消息，却是一次比一次更加陌生。
于是在这人生前行的列车上，不断有人上车、有人下车，日子

当然也不是都那么水

久了，也渐渐释怀了。能互相做伴是幸福，分道扬镳也只不过是人生必经过程。

引擎不会停止转动，我那曾经熟悉的你啊，我会在远方为你祝福。

明天的太阳
依然会
照常升起

有的时候不免想着，所有的快乐都是假象啊。

然后重重跌入绝对黑暗的谷底，那里没有光，伸手不见五指，只能跌跌撞撞地扶着断垣残壁的边儿，试着慢慢地，匍匐前进。或者，干脆，就停留在黑暗里，不动了。闭上眼睛，假装睡觉。

心情不好时，我很着迷于假装睡觉的游戏。躺在床上，闭上眼睛，让那些可怕的、讨厌的、悲伤的、绝望的思绪漫天飞舞，从脑里窜进又窜出，像窜流在钟乳石洞里的绿色萤火虫一样，萤火虫飞舞着拉出了一条一条纵横交错的萤光线条，如此华丽的脑内小剧场，在安静的外表之下，激情演出。我一直闭着眼，其实看来就好像在睡觉，有时候就真的顺利睡着了、暂时解脱了，但大多数时候，就只是假装着睡觉，好几个小时，一整个晚上或一整个白天。

如果已经跌入黑暗就闭眼吧，静静留在黑暗里面，不要挣扎

当然也不是都那么水

也不要轻举妄动。这是我目前能想到最好的方法了。

每个人都有黑暗面吧，再怎么阳光的人也都是。我甚至认为，那些太过积极正面与阳光的人，有时候其实更令人毛骨悚然。一定有些什么不对劲吧，每天不断用励志文和转帖励志故事来对自己喊话的励志人，其实才是最令人担心的。我的意思是，如果你过得很好很快乐很开心的话，那些励志类的加油打气对你而言，根本是理所当然、没什么好大惊小怪的。只有自己知道，身处在逐渐没入黑暗的过程之中，才会试图要奋力抓住茫茫大海中的那根浮木，即便是一句仔细想起来狗屁不通的道理，也视如珍宝般的把它奉为人生圭臬。

而人的黑暗面却是流沙，越是挣扎努力，越是沉沦下陷。

所以我就按兵不动。每当黑暗来袭，不论是无预警的或是有潜伏期的，即便威力巨大到感觉濒临世界毁灭的尽头，什么可怕的自私的不负责任的念头都闪过，但这些念头怎么闪也不再令我害怕，因为我们逐渐了解，这一切终究会过去的。那心头上的魔鬼不过是个暂时停歇的过客，休息够了，就会离开的，过客。

所以一次又一次的，慢慢学会了跟黑暗面的自己相处的方式，很温和很冷静的，放任情绪暴风雨的过境，可能还是默默地流了一场眼泪，那又如何，悲伤和快乐同样是人与生俱来的权利，是生命过程中同等可贵的经验。

不管快乐是不是假象，不论悲伤会不会停留，只有当下的感受值得细细品味，反正，明天的太阳，依然会照常升起。

当然也不是都那么水

当然也不是都那么水

你 像 个
孩 子 似 的

Chapter 04

当然，也不是都那么水

写依赖

我想写下依赖，那曾经以为自己已经摆脱的没用东西，后来才发现，它深刻地躲藏在我的骨子里面，伴随着越来越浓烈的爱情，打着"安全感"这张堂而皇之的招牌，毫无忌惮地在夜深人静时分，探头出来测试我的寂寥。

我还是依赖上了你。

当我发现，你不在时，枕头上你睡过的凹痕，是怎么拍打也打不掉的印记；你不在时，我竟然不知道该什么时候上床睡觉，抬头发现，窗外天空已现鱼肚白；你不在时，陌生城市也永远只是陌生，新鲜有趣好玩只限于你陪在我身边的探险。

于是莫名的，在夜晚的饭店房间，又一个人被彻底击溃了。

那种击溃，不像是真正上过战场的英勇战士，在披满浑身光荣战绩而后的，死而后矣。它反而像是，信心满满要出发格斗的青年斗士，在冲出去的那一瞬间，才发现自己早已武功尽失的沮丧挫败。

原来是这样的啊。

在爱情里面，我们总是想要在爱的滋养当中，培养出一个更健全的自我人格，于是我们以为自己因为有爱，更有安全感了、更独立了、更愿意花时间努力朝目标前进了，当然，也变得更完整了。而残酷的事实是，这一切只是过程中的假象，当你因为爱变得更完整的同时，你也掉入了依赖的陷阱里面，只是这陷阱里有糖有蜜，感觉空气也甜甜的，但终究是无法独自凭一己之力爬出的甜蜜深渊。

所以你说我在抱怨吗？其实也不是。我还在思考，这到底是不是一个值得抱怨的议题。我就是觉得自己还真没用，连短暂的分离也总是耐不住，尽管打起精神来，撑住那样坚强乐观的外表，只要身旁少了他，一切都脆弱得像是一只可远观不可亵玩焉的玻璃娃娃。

当然也不是都那么水

所以女人啊，不论怎么百般提醒自己要坚强、要自信、要活出自我，当遇到了真心喜爱的另一半，还是会不知不觉地、一点一滴地，把自己全盘交出去，而成了无限蔓延的依赖。那经年累月训练出来的生活技能，那现代女性的满身武装，都在爱情炙烧的热烈时分，融化成软绵绵的情话缕缕。柔弱，反倒成了幸福它强加之于身上的粉红色笑脸。所以忘了吃饭、忘了睡觉、忘了微笑、忘了流眼泪，一切都只是因为依赖。

那就依赖吧，放任自己内在的任性小女孩躺在地板上撒着野，哭哭闹闹吵着想念，能找到那个让你放心依赖的人，也是人生一大满足。

"我好想你喔，已经三天没见到你了！"于是我打了电话，嗲嗲嚅嚅地撒着娇。
"你真的是一个'Drama Queen'耶，哪有那么严重?! 你明天就可以见到我了啊！"男人一贯冷静地回应着我的夸张情绪。

"明天还要好久好久好久……"我心不甘情不愿地发着荒唐的牢骚。

直到……

隔天一睁开眼，发现你千方百计地来到我的面前，我的依赖，

终于又回到了你温暖的怀抱，我心所向往的真正的家。

当然也不是都那么水

天空很大
的
地方

还是喜欢开着车，沿着台湾美丽的山脚或海岸线慢慢绕着，
离开令人窒息的城市喧嚣，投身美好大自然的怀抱里。

很幸运的，我有着非常会通过各种方式表达意见的身体器官，
只要在城市待久了，皮肤会开始过敏、长痘子，头脑开始像
糨糊，脾气开始沮丧易怒，通常这些症状接二连三地像警报
般出现，我就知道，该去大自然走走、晒晒太阳了，那绝对
比看任何神医都有效果。

还是最喜欢台湾的东部，老是幻想着，要是老了，买块地盖
个小房子，就这么过完一生，多么美好。

于是，只要一逮到机会，就开着车，放着爽朗音乐，两人一
路从台北往东部海岸出发，找寻那个天空很蓝很大的地方。

也正好，我的大个子男人很喜欢开车，他总说，跟我两个人开着车上路，不论去哪里都很好玩，"那有着一种，在天地之间相依为命、两人世界的感觉，我们完全拥有着彼此，不被打扰，没有分心，感觉很幸福。"我渐渐体会，男人的浪漫，有时候比女人还易感且细腻许多。

我们通常会先在花莲停留一个晚上，市区的公正包子、黄昏市场旁的大排长龙蚵仔煎、热闹的南滨夜市、美丽的七星潭、水流湍急的木瓜溪、清澈冰凉的苦溪等地，都像是回家一样的熟悉。而之前好友在寿丰开的民宿结束营业了，也让我们回到花莲时，多了一些感伤。那栋日式老房子，或许是承载了我们过多的情绪与回忆，在一次强烈台风来袭时，终于不胜负荷地垮了屋顶。有空的时候，我们还是会弯进寿丰乡，看看那栋早已残破不堪的木头房子，讨论着我们谈恋爱第一次出游时就是来到这里待着，怎么一转眼，十年就过去了，我嫁了你，你娶了我，多么奇妙。

隔天一早，元气满满的我们继续往台东出发，沿着台九线花东公路一路开去。我好喜欢台九线花东公路，大而宽敞的道路，在纵谷间穿梭奔驰，眼睛看出去是一片的绿，各种无以

当然也不是都那么水

名状的绿，远方山岚不同层次的深浅灰绿、山壁上像是一朵朵绿花椰菜的翠绿、稻田中即将丰盛采收的黄绿。大个儿笑说，我每次都会在关山、池上那儿吵着要停车，要站在那一大片绿油油的稻田边呼吸和感受，每次都是精准的同样几个地方，我却每次都觉得好像发现了新大陆一般惊艳。我想这是身为路痴的少数优点之一，生命中永远可以不断充满惊奇。通常走过一段公路后，就会抵达一个小镇，巧妙的穿插像是一串未完成的珍珠项链，一颗颗珍珠般的小镇，不规则而松散地，被像是鱼线的公路串起，蜿蜒随意地摆放在那，成为山水间最甜美的风景。经过小镇的时候，总是得放慢车速，注意着在路边玩耍的纯真孩子、悠闲散步过马路的银发长者，那都是，城市里看不到的无忧面孔。

然后，不知不觉地，就到了台东。

鹿野高台的天气大多是万里无云的，每次经过那儿的巴拉雅拜部落瞭望台就会有种莫名的兴奋感，那里是好朋友嫁去的婆家，我们参加过的部落婚礼所在，在部落里面从早到晚玩着闹着，完全回归山野的放肆。
然后往海边开，我们喜欢住在海边，最好是早上一睁眼就可以

　　　　　　　　　　　　　　　　　　天空很大的地方

看得到海的那种，可以起床直接跳下去的更好。每次都找不同的民宿，好多好棒的民宿，每一家不仅风格迥异，背后也有着不同的动人故事，住在主人们用心打造的一房一景中，感觉些微参与了不一样的人生。

接着到处晃着，可以去布农部落喝杯咖啡，到卑南乡吃卑南包子，然后沿着美丽的绿色隧道开进台东市区，吃碗想念已久的榕树下米苔目、台东人都称赞的蓝蜻蜓炸鸡。从市区往海边走，富冈那家神秘的"蓝色爱情海"，不起眼的入口，走进去是一片海阔天空，夜晚时分满天的星星，搭配浪涛拍打海岸的声音，无比浪漫。也可以上都兰山，远眺美丽的太平洋，广阔悠然的视野，瞬间纠结的心思也可马上松弛。不过通常，我们都会在东河、金樽那一带晒太阳、玩水冲浪。

有朋友的地方就是不一样，特别是台东，到处都是当地人才知道的秘密景点，没有观光客，没有媒体报道宣传，多是口耳相传的绝世美景。很幸运的，我们认识了个叫贝贝的朋友，她就住在东河，有着"台湾冲浪天后"的称号，为了冲浪，她从台北搬到了垦丁，再从垦丁搬到了台东，逐浪而居的双鱼座浪漫性格使然，营造出了朴实单纯而美好的生活，羡煞了所有人。贝贝还是一样用台东超过三十五度艳阳般的笑容迎接我们，不一样的是，这次她手上多了一个可爱的胖娃娃，混血的胖娃娃有着精致美丽的五官、自然卷卷的咖啡色头发、好想咬一口的肉肉身体，五个多月大的她不怕生、也很爱笑，笑得咯咯咯咯地，像极了那些可爱卡通里、标准疗愈的罐头音效。她是贝贝的女儿，是太平洋的孩子，在肚子里的时候，就跟着妈妈一起冲浪了，也许是大海的能量孕育出她的开朗好动，长成面前这个人见人爱的宝宝。还记得贝贝在怀孕初期轻松地说着："冲浪本来就是我每天固定的运动啊，所以我就带着她一起冲浪，多开心！"这一对大海的母与女，也是东河美丽的传奇。

有的时候，我们也会继续往成功那里开去，每段海岸线和沙滩，都有着不同的风情样貌，令人流连忘返。或是跑去好远的太麻里，躺在无人的海边，一起看星星。每当这个时候，我总满心充满感谢，能够生活在如此如梦似幻的福尔摩沙（Formosa，美丽之岛，指台湾）。也同时衷心盼望着，这些大自然赐予我们的礼物，不要再遭受任何人为的破坏、财团企业的粗暴对待。

假期结束，再沿着台十一线滨海公路开回花莲，早晨的阳光映在湛蓝海面上，一闪一闪的，密密麻麻的，像是一群闪闪发亮的小精灵在跳着舞，伴随着天开地阔的眼前风景，跟着白云飘飘一缕缕地随风移动，很快很快的，就回到了家。

乡野和城市间的转换，借山林和海洋洗涤了灵魂，硬的肩膀松了、气色好了、笑容自然了、心情也轻盈了。看看大个儿，突然觉得，好像又回到最初见面时的那种心跳悸动，忍不住在他脸上啄了一个小小的、含蓄的吻。

这也是旅行的意义吧，在天空很大的地方，看见彼此，爱的无限大。

当然也不是都那么水

每个**男人**的内心
都住着个
小**男孩**

你还是个孩子呀，只是装大人装得太像了，总让人忘记，你其实，只是个孩子。

在一个工作应酬结束的夜晚，你回到家，很少看你喝那么醉，晃晃摇摇地从大门晃了进来，像只被挨了麻醉枪的大象，举步维艰。你一向不喜欢喝酒，天生海量如你，却一点儿也无法享受喝完酒的放松与疯狂。你自律甚严，总希望在外表现出最好也最精准的一面，所以不喜欢喝醉，除非是为了工作交际的缘故，否则少有这样失控的场面。

你驼着背，坐在客厅那张印度制的、印有民族图腾的地毯中间。记得我在挑选这张地毯的时候，是希望不论往后生活如何忙碌折磨，我们都别忘记内在那颗自由自在、流浪不羁的心。你双脚打开平放，在身体前方呈现出一个大大的 V 形。不发一语，看不出是开心还是悲伤。接着，你慢慢流了眼泪，我知道你的眼泪只有在这样的时刻才能稍微得到释放空间，我说："哭一哭对你好，流流眼泪可以释放脑压，人也会比较放松，就用力哭吧，哭是很好的运动呀。"好像得到无敌通行证那样，眼泪就这样扑簌簌地、不客气地用力往下流了。

"其实我是太开心了！"你终于说了话。在工作上又往前迈了一大步，完成了一项心所向往的目标，就像是在德州扑克的牌桌上，一把好牌到手，把面前好不容易累积的大叠筹码往底池通通推去，霸气地喊声"All in（全部压上）"那样的，是赌博、是冒险，更是对梦想的挺进。"跟我合作的人年纪都比我大了许多，他们有些甚至没那么了解我，却可以如此信任我，我好开心，更觉任重道远。"我看着你目光炯炯地说出了这番话，如同日本漫画中男主角要出发决斗前，那样充满斗志的眼神与决心。

我抱抱你，想把你像个孩子般抱进怀中，可惜我全部的肢体永远只够抱住你的上半身。天生体形长得比较高大的孩子，就是必须比别人坚强，因为他们永远无法体会被整个环抱住的温暖包覆。这一刻，我想好好疼你，给你安慰和鼓励。我知道你还是个孩子，只是大家都以为你是大人了。即便你早已磨炼出一身超乎大人的本领与技能，也有着大人的智慧和努力，但是回

当然也不是都那么水

到最内在的心智与感受，你也不过是个需要别人关怀安慰的小朋友而已。

每个男人的内心都住着个小男孩。不仅是在平日瞎扯胡闹时候的幼稚行径，也是在卸下工作盔甲、筋疲力尽后回家的放松时刻，小男孩也许只有在最亲密的人身边，才愿意试探性地展现自我。

记得我第一次看到男人撒娇时简直是吓傻了。从小印象中，男人不都是雄壮威武、力拔山河的吗？男人本来就该保护女人，男人的天职就是疼爱女人，撒娇是女人专属的权利，这些来自于普世价值的既定概念，让我在第一次看到男人撒娇的时候受到极度冲击。那时我只能保持冷静，甚至是冷漠，因为实在不知道该怎么应对，该温柔呼唤他吗？还是要板起面孔请他不要这样子？甚至，我不禁开始怀疑，面前这个男人究竟是不是有什么不可告人的人格缺陷。

男人娓娓道来，他说，只有在他们很信任、很相爱的女人的面前，他们才愿意表现出小孩子的一面，对彼此而言，那其实都是个很冒险的举动。男人以身试法地测试着，面前这个女人，是否能够无私宽大地包容自己所有的优缺点；女人也在这个时刻必须面对了，男人也会有脆弱无助的一面，女人有时也必须使劲儿撑起他的一片天。

在年纪渐长之后，看过了无数个表面事业有成、威风凛凛的大男人，私下面对亲密的另一半，那如同小猫咪般的撒娇姿态，我才开始真正了解，撒娇虽是年轻男孩放不下的矜持，却是成熟男人不可或缺的压力出口。

在一段健康的爱情关系中，没有谁或是什么性别是应该永远担任照顾者的一方，每个人都想成为被"疼爱"而不只是被"爱"的角色。于是我们的角色不断互换，爱人与爱人、哥哥与妹妹、姐姐与弟弟、母（父）亲与孩子、同事、伙伴、甚至敌人，每天的角色随着不同外在因素影响而自由转换着，双方适时给予着对方此刻所需要的滋养与润泽，如此同甘共苦地互相依存着。这也许才是爱情最完整的样貌，绝非三言两语或是共度几个春夏秋冬就能学会的事呀。

听来虽不容易，但若是放任爱的情意泛滥成河，你也会发现，这是在爱里的人所与生俱来的本能，无须大脑理性分析思考，只要从爱的角度出发，每个人都可以适时扮演好给予或是接受的那一方，称职而妥帖。

当然也不是都那么水

我想到我的朋友小张，婚前到婚后，他一直无条件给予深爱的美丽妻子优渥且无忧无虑的生活享受。直到前阵子，工作上遇到了瓶颈，手头也无法像之前那样宽松恣意，他担心的，不只是自己事业上的危机，更是害怕无法继续提供给妻子相同的生活水平，婚姻的幸福似乎也快要失衡。几个礼拜前，在忠孝东路上巧遇，一样的名牌西装笔挺，神色匆忙的他说最近拼业绩实在辛苦，还要继续拜访客户，我看着他疲惫的身影匆匆离去，消失在夜色之中。

如果在情感关系的维系之中，我们可以舍弃保守观念中男强女弱的尊严，在角色转换之间多些弹性与体谅，也许大家的日子都可以过得比较轻松快活。如同男人曾经问我的，"我孤注一掷赌下这一把，如果没有成功的话，我们怎么办？"我笑笑地说："那我们就搬去台东啊，终于可以实现我们理想中的简单生活了，你每天冲浪发呆，我每天煮饭写稿养狗，生活再惬意不过了！"谁都想成功，也不一定会搬去台东，这时候的这些言语，不过是披上了代表永远支持的信念，让人无后顾之忧地朝梦想前进。

而看看现在身边的你，终于哭累了，愿意躺上床了，嘴中还是含糊念着"我真的很努力呀！我真的很努力很努力！"随着渐趋平缓的心跳声，我轻拍着你的胸膛，像哄着小婴儿入梦那样的，"好好好，大家都知道，你真的累了，快睡个好觉吧！"

尽管铁证如山，我相信大部分的男人还是不会承认的。就像我家的那位，一定会说，这一切不过是我母爱满溢而生的虚构幻想，但没关系，女人们，我们懂，就好（会心一笑）。

当然也不是都那么水

礼物大战

一直以来很喜欢过节，各种欢乐或是甜蜜的节日。节日就是人类给自己的一个好机会，不论是自我的放纵、暧昧时的表现，或是任何你想达成愿望的机会。

记得小时候谈恋爱时，与男生处于那种暧昧而互相猜测心意的阶段，最期待节日了。节日就像是大乐透的开奖日，小心翼翼地推掉身边所有其他的邀约，默默在心里计算着天数，整天守着电话，早就开始想象着那天该穿上什么样的服装鞋子，换上什么样的可爱打扮，就这样等着守着。

"有了就中了啊，像是一生只有一次的机会那样，只要他在情人节或圣诞节约我出去，那一定就搞定啦！"每次想到这儿，嘴角都漾起喜滋滋的笑。即便在我们那个年代，大部分女孩儿可是必须假装非常矜持呢。

就这么被感受制约了，每每到了节日还是兴奋又期待，就算想理性地告诉自己不要那样患得患失了，即使自己遇到了一个"不习惯过节日"的男人，心里那自幼设定下的过节模式可是从未改变。

于是去年的圣诞节我们吵了一场架。

本是满心欢喜地准备了卡片和礼物，在他回家之前不停四处
奔波，你知道准备礼物总要搞得像办年货那样，再多的时间
到头来也总是慌忙，在一切布置好之后，才能舒舒服服地松
口气。好像少了这样的过程一切就显得有些不够完整。
送完礼物之后，发现自己竟没受到同等对待就开始生闷气。
从生闷气开始找麻烦，找了麻烦之后追根究底的才眼泪汪汪
说出，"难道你连准备一张卡片都做不到吗？"的琼瑶戏码。
真的觉得委屈啊，开始怀疑是不是结了婚以后的生活就变得
这样，想象未来数十年难道都没有圣诞节了吗，少女心的无
限延伸后狠狠地哭了一场。
现在想起来都觉得荒谬到不可思议，原是想让对方开心，开
心都还没开出一朵灿烂的花，却落得一地光是指责的枯叶。

于是调整心态，于是告诉自己每个人都有属于自己生活的态
度，反正就是朝着那些什么"要变成更好的一个女人"的那
些八股的、心灵成长的方向前进。

过了两个多月，毫无预警的，西洋情人节依旧准时地在每年
的二月十四日即将来临。尽管报纸杂志、新闻网络都不停地
大肆报道，Facebook 上大餐礼物或是文字闪现的情侣不断攻

当然也不是都那么水

击着我脆弱的意志力，我还是坚持"不动如山"地和大个儿过着我们自己节奏的日子，跟平时的每一天没什么不同。

在睡前的梳洗后，一身睡衣睡裤的我打开房门，突然看到一只可爱的小黑熊雕像就大剌剌地坐在门口，亮晶晶的眼睛在灯光下显得栩栩如生，头上贴着一张便利贴，"还有喔，快去大门看看！"

我看看大个儿，他若无其事的脸带着一脸快要藏不住的得意笑容。走向大门口，一只火红色的法国斗牛犬雕像，就站在那，它抬着头，扁平又丑得讨喜的脸就像是被照片定格的一瞬间，我的惊讶和快乐也跟着被定格在那同样一瞬。

这两只小动物依稀是某次逛街时我随口说好喜欢、好可爱的，从没想过就这么用仙女棒轻点过，就会出现在我面前。卡片中说知道我喜欢过节，希望我开心，我却还没从震惊中苏醒过来。

直到第二天才定神感觉到了幸福，看着家里新来的两位小朋友，心里满是温暖与被爱。

三月十四号的凌晨，躺在床上准备睡了。

"喂，你知道今天是白色情人节吗？"大个儿的一字一句让我胆战心惊。

"白色情人节是干嘛的啊？"我竟然出此下策不要脸地装傻。

礼物大战

"是女生要回送男生礼物的啊，那我的礼物呢？"好啊这小子真的很会趁人不备，才刚从欧洲旅行回来的我压根儿没把这事放在心上。

"嗯，好，那我知道了，明年我会记得的。"在这场爱情的礼物战局里，我输得很心甘情愿。

只是，既然如此宣战了，等着吧，下次一定要给你好看。

当然也不是都那么水

有一种爱情练习
叫作道歉

谈恋爱，几乎是人性本能。

在我们还好小好小、甚至不了解什么叫作爱情的时候，早已感受过超乎大脑思考范围的怦然心动，那样随着自己的心，还来不及意识到、却早已坠入情网而不可自拔的美好。

于是我们从一次又一次的经验、对象当中学习着爱情，我们创造了很多浪漫过程，同时也编织了好多难忘回忆，更从彼此身上学到了许多一生受用无穷的课题。

其实，说起谈恋爱，谁不会呢？牵手与接吻，理当像是呼吸那样的自然而然，况且在两情相悦、一时天雷勾动地火之际，彼此相看两不厌，可能放个屁，都依然是对方捧在手心里珍贵的香。

而学习总是开始于失败之后，也许我们学到了如何挑选更适合自己的对象的识人能力、该怎么在爱情当中了解自己，或是说，该如何将自己心仪的对象快速手到擒来的高明技巧（请参照江湖上林林总总的两性书籍，它们都有各路独门拳法，姐在这里就不多说了）。

我要说的是，每当浪漫的相遇从天空中粉红色的云朵上回到现实地面上扎根，或当你觉得两人相爱时、全宇宙的力量都会祝福你们的结合，而后不论是稳定交往或是步入婚姻，爱情就变成了一种日常生活的练习。

对，与其说是学习，我更认为是练习。因为学习是新奇的，练习是反复的；学习是有趣的，练习是痛苦的；学习是可以放弃的，练习是没有回头路的，你只能一直练习一直练习，即便自觉早已修成正果，还是需要不断练习才会做得更好，才能让自己得到更多的成就感与快乐。

所以我们练习跟自己深爱的人在平淡无奇的日子中相处，我们练习每天都要营造如同热恋般的甜蜜感受，我们练习不要为了鸡毛蒜皮的小事吵架，我们练习在盛怒之下先低头道歉。发脾气是最容易的事情了，肆无忌惮、口无遮拦地大吼大叫地发泄一顿真的很爽，这些我们当然都知道，又有谁不会。只是静下心来想想，发了一场脾气，要花上几倍的时间来修补伤痕，而再美丽的爱情也经不起日积月累的新伤旧创，这些我们也不可能不了解。所以我们要更努力练习先说声抱歉，或至少，为了不发脾气而用尽心力。

"以后我们可不可以好好练习看看？当你不开心的时候，请用和缓温柔的语气告诉我你的不舒服，同时请给我一点时间

当然也不是都那么水

来消化这件事的过程，即便是很小很小的事，我也需要一点时间，来理清自己这样行为背后的心理症结？"在为小事大吵完的一个小时之后，我在电话这头冷静地这么说了。先把同样的满腔怒火搁到一边，这么做，不是低头认错，而是给自己和对方一个漂亮的台阶可以从高涨的情绪顺势下来。

我真心恨死了吵架，尤其火暴地吵完一场架之后的冷战，那样僵持的气氛，胸口被大石头紧紧压着，一秒都难以忍受。

"嗯。"电话那头的火气似乎也被我的理智渐渐抚平。

"我们不要因为感觉被攻击了，就自动启动防御机制那样地攻击回去，然后瞎扯出更多让对方不开心的话，唇枪舌剑的，旧账翻啊翻的，把所有曾经与现在不开心的事情都一块儿摊在面前，把场面搞得不堪入目、两败俱伤，这样太小题大做了。"

"嗯，好。"很好，他果然继续软化了。

"如果刚才让你感觉被攻击了，虽然不是我的本意，但我愿意先说对不起。"我说。

"那我也，对不起。"他很艰难地吐出了这几个字。

每一件小事都只是当下不同的立场、不同的心思，根本没有谁对谁错，吵架容易和好难，如果可以放下在两人之间压根不需计较的自尊，事情也许不会变得太糟。只是我们往往都被自己盛怒之下的口不择言，逼到了一种自己也不知如何是好的境界，只好将计就计地端着架子在那儿兀自发抖，然后找出一堆

有一种爱情练习叫作道歉

理由来合理化自己的情绪化行为。常常忘了，先说道歉是最单纯的捷径。

先道歉的人其实一点都没有输，我们必须时刻提醒自己，先道歉的行为绝对是爱情中值得被尊敬的隐形宝藏，虽然没有令人印象深刻、盛气凌人的气势，看来是如此的卑微谦逊，那却是爱情当中最宝贵的练习，对自己，对你爱的人，对于彼此，都是。

当然也不是都那么水

你像个
孩子似的

李宗盛（对，又是他，他根本是我们这一代的爱情大师啊）
唱了"你像个孩子似的，要我为你写首歌……"在我面前的
你，像个孩子似的，要我对你百分之百的全神贯注。

特别是旅行的时候。也许是平日大家都忙碌，生活中充满大
大小小足以分心操劳的事，也只有在旅行的时候，全天地似
乎只剩我与你，我们竟然需要如此亲密而无缝隙地彼此专注。
你终于在旅途中找出了答案，漫步在德国新天鹅堡飘着雪的
林阴道中，那一片银白世界衬着枝丫上的枯朽气氛，反而让
头脑更加清澈透明。在我们牵着手天南地北的闲聊里，灵光
一现的，你想通了，那些让你不开心、生气的事，根本不是
事件本身，而是因为我在那样的时刻，没有注意到你。

你像个孩子似的。

你说，小时候一群男生在追求女友团体战的时候，大致上分
为两种类型，一种就是使尽全身解数、全力逗妹开心逗妹笑
的；另一种，就是想吸引女生注意却又不愿放低身段、特意

在热闹场合装酷装忧郁的。而你就是后者。

"所以女生都被别人抢走了啊!"你无奈地笑着。因为女生早早就投向那个会逗人笑的男生怀抱里,谁有那个时间悉心探索角落这位忧郁男孩,心里到底有着什么样的烦恼。

我当然知道你那张脸,好像全世界都欠你钱那样的脸,臭死了,臭到没有人想接近你、跟你说句话。即便我好声好气耐着性子问了你,还是换来一张气鼓鼓、什么都不想解释的臭脸。

原来是这样啊,你根本就是个孩子啊,只是平常装大人装得太像了,害我也误以为你是个大人了。

难怪我平时在跟朋友把酒言欢时你臭脸,难怪我在人多场合全场花蝴蝶般飞舞时你臭脸,难怪在气氛正热当下你总吵着要拉我回家,难怪我会生气地认为,是不是只要我一开心你就会不开心。原来只是因为我忽略了你。

多么的受宠若惊,这世界上有人如此专注地爱着自己。从认识你的那一天起,你眼神里永恒的炙热火光,每每令我内心沸腾燃烧,三千多个日子过去,你还是一样,一样的眼神,一样专注的爱。

怪只怪我的粗心大意,女人外表下像男人的豪迈性格,总爱呼朋引伴、三五成群地跟哥们儿疯着闹着,野丫头常常玩到几乎忘了回家的时间,也辜负了你总是满心期待的等待与盼

当然也不是都那么水

望。

"好，我答应你，以后不论在什么样的场合，我一定不会再忽
略你，我会一直理你一直理你一直理你，理你到你烦为止喔！"
我好气又好笑说着。

你腼腆地笑开了，带着不好意思和害羞，像个黄花大姑娘初次
上花轿似的。

你像个孩子似的。

　　　　　　　　　　　　　　　你像个孩子似的

客家媳妇的
除夕与清明初体验

结婚对于实质上的生活，到底有什么改变呢？

仔细想起来，差别当然有，可大部分的差别就像空气中随时随地不断转换中的味道一样，想象你早上出门一路从家里走来，你闻到了一点点植物的香气，然后随之扑鼻而来是摩托车机油的臭味、走过身旁女学生稚嫩的发香、早餐店煎蛋烤土司的味道、洗衣店门口那只老不洗澡的狗的浑身狗味，好多好多好细微的味道，不断在空气中流泻更替，你当然也可以好像通通没事发生一样，毕竟所有味道的强度都刚好让你可以继续装死。

那些婚后的改变也都是如此，看似不痛不痒的小事情，却又隐隐约约的，好像具有牵一发而动全身的强大威力。

幸好，还是有些事情没那么隐晦的暧昧，很容易判断，并且，大家都知道。

譬如说除夕围炉的年夜饭。天哪，年夜饭要"换地方吃"应

当然也不是都那么水

该是嫁出去的女儿所遇上的第一个巨大冲击了吧。如果你不是嫁出去的女儿的话，一定很难想象，不过就是在那天晚上换个地方吃饭，现在的婆家跟自己的娘家的距离有时只是"计程车的一百块车费"，前一天或后一天或是一年中的其他天你爱怎么回家吃就回家吃、只要不是除夕就好。况且，其实本来你也根本没有那么着迷于和所有家族亲戚一年一次的见面吧。

但人就是犯贱，当被剥夺了这样的权利的时候，就会觉得好不舒服、好难适应喔。那种从骨子里头爬出来的、像蚂蚁般的叛逆与搔痒，其实说穿了，也不过是意念的纠结。

还好我的公婆很贴心也很疼我，希望我可以放松自在地接触这样的改变，于是第一年在婆家的除夕夜围炉，就是简简单单的一家四口子——公公、婆婆、大个儿与我，客家美食还有那一直不停加料的火锅。我们吃着喝着，公公准备了一整个玻璃橱柜无限量供应的红酒、高粱酒和威士忌，几乎已是"All You Can Drink"的霸气等级了。

一整晚到了后来，只剩下片段的画面记忆，内地有个蛮有意思的说法叫作"断片儿"，我们就直白地称之为"失忆"。其一片段是我们四人在客厅拿着麦克风对着电视唱起了KTV，公公大声唱着《葡萄成熟时》，伴随着迷人抖音，他解释着，这是第一次跟我婆婆约会时让她惊艳的歌曲，所以别具意义。然后我记得我们每个人都手舞足蹈地在一旁热烈地伴着舞，对，

客家媳妇的除夕与清明初体验

我特别有印象，我手举得很高，在空中摇摆，差不多就是 MC HOTDOG（姚中仁）在唱《我爱台妹》时候的情景。

接着第二个画面就是我和大个儿两人全身衣着穿戴整齐（妆没卸、耳环没取、连外套扣子也没解，几乎就是从上一个场景直接被打昏、搬移到床上的状态）地在我们自家惊吓地醒过来。"昨晚发生什么事了？我们怎么回家的？"我俩面面相觑、说不出话来。更别提往年总在除夕夜过了十二点一定与朋友相聚的我们、那两部已被打爆的手机。

于是我的婆家除夕年夜饭初体验，就这么幽默的、漫画式的，以被公婆 KO[①] 的方式，破除了我的局促不安与叛逆。而后每一年的除夕，也多了份期待和谨慎（吓）。

除夕这关可以说轻轻松松、开开心心地过了，而下一关就是清明节了。

清明扫墓在重视传统的家族可是一大盛事，不仅是家族相聚的重要时光，更是慎终追远的观念传承。可我来自于一个从小不用扫墓的家庭，小时候爸妈都说祖先们都在海峡的另一边，大时代所造就的小故事在那时比比皆是，也就见怪不怪了。

---

① KO：击倒（Knock Out）——拳击术语，动词，指拳击选手将对手击倒并在数到十之后对方仍无法站起而获胜。并进而衍生为一般的动词，意指使失去知觉，用药物让人昏迷，予以淘汰或完全击败、毁坏之意。

当然也不是都那么水

反观大个儿来自一个传统客家家庭，客家人的扫墓其实不是在
清明时节，这也是成为客家媳妇才学到的事。公公说，因为以
前客家人都非常刻苦节俭，平日离乡背井到城市打拼，只有在
一年一度的农历春节得以返乡团聚。而在元宵之后就要马上祭
祖扫墓，然后又得马不停蹄地立刻返回自己的岗位努力工作。
所以，客家人的扫墓从元宵以后就开始了（听起来是一种节省
往返时间、交通费用的概念？）。
总之，扫墓这件事对我来说，其实是蛮新奇的。

家族的墓地盖了一个气派的小房子，就是一般房子照了缩小灯
以后那样的大小，瓦片堆在尖尖的屋顶上，屋檐中间有块匾额
有大大的家庭姓氏，祖先们的名字则刻在大理石墓碑上，就这
么成了这个房子的大门。门的两侧有几根圆圆的柱子，门的左
前方还有一个给土地公的家，用矮矮的围墙环抱成了一个半圆
形的小院子。而祖先们就住在那个家里面。
贤淑的婆婆动作熟练地准备着牲果酒水祭品，点好了香（关于
拿不拿香，我认为那完全是形式上的问题，无须拘泥，人的感
受总是比形式来得重要许多）发给大家，我们排排站着，公公
带领着大家用客家话跟祖先报告近况，也请祖先好好保佑我
们，我内心也偷偷地跟祖先说了些话，就像跟圣母玛利亚许愿
那样的话。
然后接着拜土地公、烧纸钱，最后还放了一大串噼里啪啦的长

长鞭炮，搭配着亲友之间的闲聊，为的是要留点时间等祖先慢慢享用祭品。我心想这复杂的扫墓流程，应该请婆婆记录下来收藏才好，这每一个各具代表性意义的步骤，对我而言真是全新的领域。

"那里面住着谁呢？"我好奇地问了。

"有曾祖父母、祖父母、大伯等人啊！"大个儿细数着家族祖先们。

"那我问你喔！"我的语气让大个儿抬起了一边眉毛，一脸戒备地准备接招。

"就是说啊，我说如果，如果有一天我先死掉了，我是不是也要住到这里来呢？"对，我又开始天花乱坠地无止境想象了。

"嗯，应该是吧！"

"那我再问你喔，如果我不小心先死掉了，里面的祖先我都不认识耶，而且他们都讲客家话我又不会，那我会很无聊怎么办？"

想到这儿，就莫名地感觉很悲伤，一个陌生女子不但要离开自己的爱人、钟爱的世界，还有搬进未知国度的担心害怕与浓浓悲伤。

大个儿摸摸我的头，用那种很熟悉的、像对小动物的疼爱那样的抚摸安慰着我，他笑着说："在那个世界，应该没有语

当然也不是都那么水

言障碍吧，大家都用意念沟通，以光速旅行的，很酷的喔！"
在那个"没人去过还能回来告诉我们到底是怎样的世界"，也
许这一切都不重要了，也许我们的灵魂已经回到天上那颗自己
专属的星星，也许扫墓只是个为了让后人有心灵寄托的仪式，
也许，也许。

也许就是这样传统的家庭教育孕育出了我面前这位有担当、诚
恳踏实的好男儿，也许，就像我偷偷跟祖先们说的，"谢谢你
们喔，如果这世界上没有你们曾经重要的存在，我就不会有一
个这样的好老公喔！"

客家媳妇的除夕与清明初体验

恼羞成怒

我很怕车，从小就怕，最怕那种从身边呼啸而过的车，或是呼噜呼噜引擎很大声的重型摩托车或嚣张的跑车。每次在路上遇到那种车，我都会大翻白眼，甚至想要骂几句脏话，自己气得要死。

大个儿秉持一种研究特殊动物（他一直认为我的行为模式已经接近一种濒临绝种的保护动物等级）的学术心态，观察我每次对于此等小事的强烈反应，而有了以下的结论。

"你就是害怕啊，其实你真的是害怕，那些车好好地开在他们的路上，你好好地走在你的路上，人家又没惹到你，你却每次恶狠狠地回头瞪他们，你其实不是生气，你是恐惧而产生的愤怒，正所谓'恼羞成怒'，想想人家买了台酷车，开开心心地上路，却被你讨厌，更是何其无辜。"

当下我撇了撇嘴，不置可否，但静下心来，认真想想，我生活中的许多行为模式，其实在不自觉中，的确已被"恼羞成怒"制约了。

当然也不是都那么水

譬如说，我很讨厌跟不熟悉的人做朋友，甚至会用很僵硬的语气、很冷漠的表情来面对，后来自己才发现，原来不是真的那么讨厌别人，而是我真的很害怕，很怕生，这是羞。

我走路不小心跌倒的时候，当下一定第一个先骂大个儿怎么没把我照顾好，这是最标准的又恼又羞。

做错事情的时候，不论大事小事，总是想先发顿脾气，因为你知道自己错了，又很生气自己怎么那么不小心，这就比较接近恼了，恼火、烦恼又气恼，只是可怜了被牵连的受气包。

边走边想，越想越有道理，走到了大安路上常去的广东烧腊小馆吃饭，挑了唯一的空位坐定了之后，听到身后一群人咋咋呼呼的，老板娘招呼着他们往里头走，他们就直往厕所方向的弯道走去，走到一半，就听到很尖锐的骂声，"哎呀，什么往里面走，里面是厕所啊！老板娘你搞什么东西啊?！要不要做生意啊?!"老板娘连声赔着不是，夹杂着（应该是位）大姐得理不饶人的继续唠叨。

如果，这时候有张"恼羞成怒"的贴纸，我好想拿出来贴在大姐的嘴上。因为自己走错方向，又把一大票人带往厕所，其实这画面真的很幽默，大姐自己又恼又羞，只好用对别人发怒来掩饰她的不安与窘态。

认清了这个事实，我开始认真检查生活当中自己的、当然还有和大个儿彼此相处上的细节，发现了比比皆是的恼羞成怒这只魔鬼。一个人恼羞成怒，怒了以后另一个人恼，恼了后续怒，怒了后原本那人恼羞而更怒，成了无止境的循环，而终至不可收拾。

这就是为何人们常常为了微不足道的事而吵到不可开交的终极原因啊，当然包括我们也是。

"所以我们要互相提醒，当对方恼羞即将成怒前，就要好言提醒喔！"我们在经历无数次莫名其妙又伤痕累累的战役后，达成了这样的约定。

当然有时候知易行难。

那天早上，约好了一起出门，梳妆打扮、穿戴整齐之后，大个儿突然说："你等我一下喔，我整理一下东西。"我挂念着与人约定好的时间，虽不想急乎乎地催促，又不免觉得临出门突然想整理东西究竟是哪招？冷静地深呼吸后，走进厨房把早餐用过的锅碗瓢盆洗一洗，想说不过是十几分钟的事情，应该还来得及。

当然也不是都那么水

"你整理好了吗？需要我帮忙吗？"洗完碗我擦干双手后，用坚强意志力夹带着温柔语气地问了。

"还没有啊，你不要急啊，不要一直催啊！我不过是耽搁了几分钟，有错吗?!"他的语气快要开始怒了，我的理智快要恼了。

"那我叫车好了，你慢慢找，不急！"在理智线断掉之前，我只能如此明哲保身地避免引信瞬间被燃起。

"你又没有跟我说你跟人家约几点？我怎么会知道？我再有五分钟就好了啊，你叫车不是还要六分钟！等我一下又不会怎么样！"我想他因为找不到东西真的恼了，更因为答应要送我一程却又无法实现承诺而更恼了。

"没关系，我车已经叫了，你不急啦！先走啰，拜拜！"我甜笑，咬牙忍住想摔门的冲动。

这时候真的只能尽快逃离现场。他急促而烦躁的声音还继续在我脑海里回荡着，久久无法散去。

当然我不是没有情绪，当然我可以吼回去，把那些心里小小的自我对话都放肆地吼出来，多么舒爽！但这样真的比较好吗？我完全可以想象我们两只狮子彼此互咬的血腥画面，你一言我一语、互不相让，吵到街坊邻居都来关切也不奇怪，但是这样真的有意义吗？之后换来两人都难受的冷战、谁要先低头认错的矜持，这样，值得吗？

我想着"恼羞成怒"这四个字，我想着也许更好的做法是温柔地拍拍他、抱抱他说："不急不急，我陪你一起找！"只是这一切真的不容易，而我们都在学习。

但幸好，"有意识"就是改变的开始，特别是在一份不需追求输赢的感情关系之中。

当然也不是都那么水

情人眼里的
一粒沙

他们说，情人的眼里容不下一粒沙。

但是，如果连一粒沙的存在都没有的时候，你是否反而会觉得怪怪的？

最近进入了婚姻当中一个比较理性的状态，其实这是一种蛮奇妙的感觉，那是经历过了觉得"结婚很好——然后其实没那么好——对婚姻开始怀疑——因为想要在一起所以接受现实——接受现实所以要一起努力"的过程之后，一个蛮正面积极的心态，在结婚两年之后出现，可以持续多久目前还没有答案。

而这个状态最主要的特色在于，当任何负面情绪排山倒海席卷而来的时候，都尽量提醒自己冷静思考情绪的正确来源，选择不在第一时间乱发脾气，一是因为自己再也不是当初那个青春无敌、任性万岁的大小姐了，二是因为两个人的朝夕相处，经不起三天两头大吵小闹的无谓耗损。所以，至少，在理智线断掉之前，我们要避免因感觉而生的冲突，感觉、感觉，女人不就依赖着感觉而活着嘛，但不是所有的感觉，都因别人而起。

把婚姻生活当作一辈子的双人心灵成长营，好像也不错，毕竟老妹我就是很爱追求什么心灵成长、跟灵魂和解之类的事，这样，刚好而已。

那天晚上，在家挑了一部片，我们开心地享受着两人世界。微弱的灯光、舒适的沙发、点上了 Jo Malone 店员推荐的葡萄柚香氛蜡烛，因天冷一起依偎着一张薄薄的羊毛毯，荧幕上的剧情牵引着我们的情绪上下起伏，多么美好的时光，我总是会因为那些我们一起在同样情绪节奏中的亲密而非常感动，那是一种心跟心的亲密，脉搏也似乎以同样的频率跳动着。

这时，大个儿的手机突然响起了叮叮叮的信息提醒声，一声、两声、三声、四声，声声急促声声催魂，他起身查看手机，笑盈盈地回应着电话那头的短信。

"是工作吗？"我问了。以他的工作性质，半夜突然有一堆事要处理，也不是不可能的事情。

"不是啦！"他笑嘻嘻地回答着。短信继续叮叮叮地响着，他继续开心地一来一往，完全没察觉我感觉被打扰或忽略的、逐渐升高的怒气，而屏幕上的迷人剧情早就不知道演到哪里去

当然也不是都那么水

了。

耐着性子问了短信的对象，我转过头立刻用尽全身力气大翻了一个到天边的大白眼，又是他！又是他！为什么每次都是他！他到底烦不烦！半夜三更不去抱自己老婆小孩硬要跟我老公发信息到底是有什么病！可以把我老公还给我吗！！！我在内心发狂怒吼着，脸上继续敬业地挂着善解人意的微笑。

为什么我会生气？我"感觉"我们的亲密被打断了，我"感觉"被忽略了，是"感觉"没错，嘿，关键字出现了。
真的是因为"他"吗？我有那么讨厌"他"吗？其实也不是。

趁着他俩继续你来我往的空当，我开始认真思考这件事。想到过去每一段的恋情，好像也都有这么一个"他"。这个"他"绝对不是情感纠葛、甚或跟外遇有任何关联的人。"他"可能是工作伙伴、儿时伙伴，抑或是我认定的酒肉朋友，"他"是男人的亲密朋友，聚在一起通常都讲些没有营养（我觉得啦）的话，他们像一般女生闺蜜一样什么狗屁倒灶的事都要互相分享，而且，重点是，男人跟他在一起的时候，看起来很快乐。
我吃醋了，即便身旁的男人这么多年来已尽其所能、排除所有会让我感觉不安全的人物，他刻意跟所有异性保持距离，对感情保持高度忠诚，我竟然还是免不了要设定一个敌人的

　　　　　　　情人眼里的一粒沙

角色，而这个"他"只是很倒霉地坐到了这个位子上。

深夜跟好友贝莉聊起这件事，我们又开始讪笑起了自己"Drama Queen"的性格——生活如果过得平顺愉快、就会觉得哪里不对劲，那样无时不刻与生命作对的态度。我想起了那位忘年之交向子龙先生的玩笑话，"你这就是'顺来逆受'啊！"

"不戏剧化的人生压根儿不想过，还得自行安排坏人角色来激怒自己呀！"贝莉这个标题天后给我下了这样的注解。我们笑着说着那"Drama Queen"的人生也太忙碌了吧，要选角、编剧，最后还要自导自演，如此才华横溢的女人真是世上难得一见的奇女子啊。

虽然满嘴是胡诌的玩笑话，但电脑屏幕后的我们都陷入了严肃的思考，仔细检视着这摊开在眼前不争的事实，像是在帮昨晚那件恰巧在夜市买的好看外套修剪碍眼的线头一样的，巨细无遗。

于是，知觉带来了改变，我们也许开始往好的方向慢慢靠近了，虽然改变绝对不是一蹴而就，但至少当这样情绪迸发时，我们可以停下来，冷静地想一想，厘清杂乱的情绪，给愤怒一点缓冲的余地。

后来，我跟大个儿说，下次如果你跟朋友有事想聊没关系，但

当然也不是都那么水

请你先跟我说一声，让我们暂停手边一起正在进行的事，这样可以让我避免被忽略的感觉，好吗？

"刚看到哪儿了啊？我们再倒转回去吧！"我靠着他的肩膀，再把毛毯盖上身。

一切好像什么都没发生过似的，那十几分钟女人心里的小心眼与百转千回，终究也只有自己知道。

当然也不是都那么水

当然也不是都那么水

捡 起
散 落 一 地 的 青 春

Chapter 05

当然吧也不是都那么水

青春无畏

不知道是从什么时候开始，在聚会中遇到年轻的妹子，竟然会感到惊慌失措、手脚盗汗、局促不安，快要不能呼吸。

应该是从自己身上那"妹"的标签随着岁月渐渐剥离的那个时候开始的吧，剥离的过程中，四周的边角先微微翘了起来，然后掀起来的范围越来越大了，整张标签慢慢失去了原有的黏性，翻了开来在空中随风甩呀甩，一不小心，连个影子也没有地不知掉在哪儿去了。就像是那张大学毕业照里灿烂的微笑，就算细心裱了框也挡不住无止境地泛黄。好像已经久远到想不起来到底是什么时候了，仿佛是上辈子的事。

当然看起来也不是真的有那么严重，那可能只是一种心理状态，不舒服，不习惯，不适应……不不不，一切都有点不对。

"其实你是害怕吧！"身边的大个儿先生最喜欢享受"一语道破我心事"的快感，他带着得意又邪恶的笑，坐看这回我要怎么接招。

"有什么好怕的？她们比较怕我吧！我只是不熟，感觉也没必要熟起来那样啊！"我绷起了脸，当然要逞强。

"你害怕，你怕在她们身边你会看起来比较老、比较胖、皮肤比较松、话题比较欧巴桑，你怕和她们一起拍照自己会显得愚蠢可笑，你怕听不懂她们口中流行的话题，像是'等会儿我们去吃永豆吧！''然后我就 GG 了'等还有好多好多、会让你皱起眉头的用词。你发觉现在的夜生活场合已经不是由你主宰，每个人见了你都只礼貌点头叫声姐，聚光灯永远不会打在你头上，不小心扫到你还算店家浪费只好自行吸收。你害怕甚至生气，不是讨厌她们，只是她们的出现，让你发现了，就算再怎么以为只手遮天，岁月压根儿还是不会饶过你的。"

他长篇大论地讲得慷慨激昂、唾沫横飞，我不断翻着白眼，怒气已经直冲脑门。
但是，真的是他说的这样吗？

我环顾周末咖啡厅里拥挤的人群，保守估计在场二十几个女生当中，我的年纪应该是五根手指头内的排名领先（当然是数字越大越领先这样），即使我努力让自己保持青春身材容貌，但"心里有数"这回事本是老妹的天生本领。我小心而礼貌地用内心的放大镜检视她们每个人的穿着打扮、面容表

当然也不是都那么水

情，其实好像跟我也没太明显的差距。那我，到底在不舒服什么。

那是一种青春无畏的姿态。而那样的姿态，不是她们刻意展现的，是我自己在心里别扭着的。

你知道自己在那样的年纪是多么的恣意放肆，你了解那个时候的你对于展现年轻有多么骄纵自负，你懂她们为何要穿露出半个屁股蛋的热裤、展露曲线的贴身洋装，你想都不想就看穿了，她只是想把坐在对面那个殷殷痴望的男生玩弄于股掌之间，欲擒故纵。

而时间是这世界上最公正的主宰，没有人可以拥有比较多或少的光阴，每个人都年轻过也都会老，然后还会变更老、更老、更老。"老"就像是站在岸上、往外望去那没有尽头的海洋，神秘地一直绵延天际。就算你有不得已的苦衷谎报了年纪，也还是会老的，一天总是会老过一天。

那我还能怎么办呢，我不禁绝望自问。

"如果没有取之不尽、用之不竭的胶原蛋白，我们其实拥有了岁月所刻画出的智慧，每一道细小皱纹都记录了生命的美好历程。"

"烂透了！给我胶原蛋白！用擦的、用喝的、用吃的、用打的，我都 OK!"

"年轻妹的话题不出逛街、男友、劈腿、夜店，我们的话题可多着呢，上知天文、下知地理，要聊哲学文学音乐电影也难不倒啊！"

"明明那天隔壁桌那个二十几岁的妹就很有想法啊，好像也没比我们差！"

"好啦，那至少我们比较懂得我们要追求什么样的生活，我们更知道如何享受过日子的乐趣！"

"这些是我们努力奋斗了十几年才得到的辛苦回报，到底有什么好拿来说嘴的！"

"那你真的讨厌她们吗？"

"呃……其实也没那么讨厌，她们眼神里的单纯可爱很珍贵，她们涉世未深的受伤也很令人心疼啊！"

"她们有什么东西是你'未曾'拥有过的吗？"

"嗯……好像也还好，我小时候也没有客气地挥洒青春啊，过得也算淋漓尽致。"

当然也不是都那么水

"那你仔细想想。有没有什么，是现在的你已经拥有的、而她们却暂时望尘莫及的？"

"唔……好像应该有，也许是敏锐的判断力、冷静思考的能力、偶尔世故的圆滑待人处事、云淡风轻的人生观，那些生命经验所教会我们的不同层次。喔，对，还有这么多年以来认识的、五湖四海的好朋友们。"

"所以你有什么好嫉护好害怕？你精神上的优裕是她们很难在短时间追赶上的呀！"

"呃，可能我只是害羞吧！"

"年轻女生的害羞是青涩可爱，老妹的害羞就是不大器啰，毕竟什么大场面没见过，在小女生面前有什么好害羞的？"

"……"

"而且你发现了吗？其实那些年轻女生在看你的时候，常常是羡慕的、崇拜的、或者好奇的，她们也希望在你身上可以看到未来的自己，然后确认长大会是一件很美好的事，可以优雅地变老而不会变成满腹牢骚的讨厌鬼啊！"

"……为什么我有种背后插满了刀的感觉？"

在一连串自我对话的过程中，内在的理性跟任性打了一场痛快的架，不辩不明的道理也逐渐展露出清晰的轮廓。我们都不完美，我们的小心眼常常忙着羡慕嫉妒别人，眼巴巴地看着那些不属于自己的人事物流口水，而忘了自己的人生其实已经如此富足丰厚。

"你不要害怕啊，在我心目中，你永远是我最可爱的小女孩，就算有一天，你变成了很老很老的老婆婆，我还是会一样爱你、一样疼你的呀！"大个儿先生捧起了我的脸，像我俩演不腻的煽情戏码，给我打了一剂宇宙无敌甜蜜的超级强心针。就算是包着糖衣的毒药，这时我也愿意不顾一切地一口吞下，彻底忘光了他之前那么直接到恶毒程度的指控。

如果我说，变老的过程就像那一望无际的大海般，神秘而没有尽头。那么，是否记得我们小时候那种"想赶快变大人"的急切盼望，就这么扬起了帆，把船驶向了茫茫的岁月大海，经历了惊涛骇浪，当然也有风平浪静，而现在，找到了一个安心无比的港湾停泊。船行至此刻，我们已不再是孤单一人，舵手夫人有了相爱的船长先生，并肩继续在这片叫作"变老"的海上前进，沿途风景又是另一片值得期待的人生奥妙，何不再次高举起勇气的风帆，一路前行。

当然也不是都那么水

这时才突然豁然开朗了。

原来，那无畏的姿态，它不是专属于青春而已。长大后的无
畏，是无畏青春流逝后的，那种难能可贵的豁达自在。

后青春期

人们常说的"中年危机"，我比较喜欢称之为"后青春期"。

从早期的奇摩交友，到现今的 Facebook、Instagram 等社交网络的热闹，我们对朋友关系的定义似乎进入了一个新的诠释概念。有一些人是好久以前的朋友、或是根本只是点头之交，通过社交网络，彼此默默地观察愿意公之于世的生活面向。另一种是很熟悉很亲密、三天两头不时碰面吃饭喝酒聊天的好朋友，却在这社交网络当中看到了不同于真实相处中太多的谈天说地，而是对自我或是成长当中较为严肃的探讨反省。

当然我没想讨论什么严肃的议题，我要说的是，在这群熟悉的朋友当中，近期都不约而同地在脸书贴出了"在认真运动ING"或是"身体开始出现块状肌肉线条"的图片，尤以男生族群为大宗。

"这是中年危机吧?!"男人踩上了家里新添购的、很占空间却

当然也不是都那么水

依旧无怨无悔的椭圆交叉训练机，大汗淋漓、气喘吁吁地跟我讨论着。

"我不要变，我不想变，但是我无法推开生命的改变，一直在变，但是我无法推开生命的改变，我不要变……"尽管张震岳《改变》的歌声好像依旧在耳边唱着，我们生命的改变却像是无法被忽视的、被时间巨轮所推动着的，成了他们现在流行说的，一种必需的"节奏"。

有些人结婚、有些人怀孕、有些人生子了，我们都不再如同二三十岁那样的肆无忌惮、想干嘛就干嘛了，我们夜生活的频率跟着性生活的次数一起无奈地搭乘手扶梯缓缓下降，多出来的时间与精力，或是说生活当中那些原本应该感到快乐无虑的空间，以及对自我成就感的认可建立，渐渐需要被其他事物取代。

其实这也不可不谓是件好事，但总带着一点点不甘愿的哀伤，那种感觉就像是，当生命的齿轮要继续往下一格转动的时候，如果齿轮之间没上够润滑油，就会在原地卡上几秒那样挣扎的阶段。你知道的，那种卡卡的感觉。

于是大家开始纷纷努力运动了起来，慢跑也好、滑板也好、重量训练更是不在话下，在我们女孩儿早为了维持青春肉体而健身减肥的十年后，男人们也终于加入了这个循环之中。

我还是想称之为"后青春期"，这样的说法比较符合我浪漫的想象。当男人们不再为了在外猎艳而努力的年代来临，他们在拥有了一段固定感情关系或家庭之后，那与生俱来罗曼蒂克的本事幻化成迷人的身体线条，除了证明自己依旧年轻之外，也延续了女人不变的迷恋。

这是你的、我的、他的、她的后青春期。

当然也不是都那么帅

捡起
散落一地的
青春

每次进入密集写稿期就容易失眠，也许是习惯伴着黑夜思考，一躺上了床，所有的思绪从四面八方窜进脑海作乱，想着想着，总要花上好多时间，才能沉沉睡去。

那夜继续着没有意外的失眠行程，失眠的时候，我总喜欢让自己躺着一动也不动，假装睡觉。想着这几天写的文章内容，身份真的是个大人了，是个中年人了啊，青春已经一步一步地离我远去了。如果青春有着具体的形貌，这精彩的二十几年，我把青春散落在哪儿了呢？

我把青春留在那家叫作 Spin 的舞厅了。

"Spin 真的是一家可以一个人去跳舞也不会觉得尴尬的地方喔！"记得 Winnie 这么跟我说。上大学时候，开始爱上摇滚乐，开始喜欢跳舞，却又与大部分夜店音乐和文化感到格格不入。还好我的好友 Winnie 给我介绍了位于金山南路与和平东路口、地下室的这家专放摇滚乐的 Pub——Spin。

去 Spin 不用浓妆艳抹，更不用穿高跟鞋，永远是简单的二手

T恤、破破的牛仔裤，披着一头长长的卷发，一双方便跳舞的Converse 球鞋，就已经足够。一个人一瓶啤酒，在舞池的角落对着喇叭疯狂跳着没有舞步、当然更不是卖弄性感的舞。有时候心情不好的时候就去跳舞，心情好时更要跳舞，每逢星期天学生之夜门票还有特价。总是跳到满身湿透才甘愿回家，那些开心不开心的事都随汗水挥发掉了，留在 Spin 的地板上、墙上、空气中。

当然 Spin 也让我认识了好多一生的朋友。曾经在 Spin 帮朋友搭讪了一个可爱的男生，多年后因缘际会地，成了我的某任男朋友。也在 Spin 认识了我的忘年之交、一个餐厅和酒吧的疯狂老板，因为他，我单纯的世界打开了一扇有趣的窗。在那里被一个着银色风衣的唱片制作人搭讪，死缠烂打地从地下室追到楼上，逼得我火大地跳上车马上逃走，在多年后，他竟成了最懂我心事的挚友。

我想，冥冥之中，一定有一条隐形的线，把我们在那段时间里拉进了那个空间，然后预告了未来其实密不可分的紧密关系。

我把青春留在那家原本叫作"后现代坟场"的酒吧了。
因为 Spin 认识了那位疯狂老板，接着因为他也认识了这家当时的老文青聚集的"后现代坟场"。我眼中的老文青，就是当年四十几岁的电影导演、文学作家、艺术家等人，那些在我二十出头根本不太可能认识的大哥大姐们，总把我当成小妹妹般，让我在他们酒酣耳热的聚会中，当个安静的旁听者，顺便喝着他们极有品位的红酒。

对当时的我而言，那是个未知又有趣的万花筒世界，所有大哥大姐们口中对于人生观、社会、文化、音乐、艺术、历史甚至政治的概念，跟书本上、学校老师们教的差距好大。我发现原来这个世界上可以有这么多不同的观点与看法，我那年少轻狂的愤世嫉俗在他们眼里不是全然的缺点，而是坚持自我的勇气。突然觉得不寂寞了，反而被温暖认同了。在现在看来是人格定型期的二十岁里，因为这群哥哥姐姐，让我更加确认当个坚持自我的人并没有错，跟普罗大众的想法不同也不用畏惧，反正人嘛，性格造就命运，总会走出自己的路。直到现在，还是由衷感谢，在我的二十岁，认识了这群人，成就了我无畏的精彩人生。

之后，一次大台风，吹走了"后现代"三个字，那儿变成了听来不是那么吉利的"坟场"，历经股东改组、重新装潢，换成了夜生活运动会的"操场"。

这个外人看来破破烂烂的小地方，像是有着自己的灵魂似的，不论如何易名，会吸引来的人总是充满独特个性，日复一日，年复一年。

而转眼间，我已经在同一个小酒吧混了超过二十年，像自家客厅一般的自在放松，我在这个地方谈着恋爱，也在这里因

捡起散落一地的青春

为失恋连续大哭了好几天；我在这里熟悉了好多朋友，也在这边跟朋友吵了几场天翻地覆的架；我在这儿大醉，也看着朋友醉后的好笑行径，深印脑海，一辈子不会忘记。我的欢笑和泪水都在这里，感情已经浓得化不开。即便是现在已经少去，偶尔看到后起之秀的接班人，在他们的身上看到过去的自己，还是觉得欣慰。

我在这里，从小妹妹变成大家口中的大姐姐，世代更替，肯定有大部分的青春，遗留此地。

我把青春留在世界各地的音乐节和演唱会里。

小时候爱音乐，就算穷得要命，怎么也想出去开开眼界，在音乐里面的我，有永恒不灭的青春。

在那个穷得要死的岁月里，我们并没有放弃追求梦想的机会。

我们去了英国的 Reading Festiva、日本的 Fuji Rock，还有无数在台湾各地可以参与的演唱会。曾经为了看史汀的演唱会，极力争取当验票工读生的工作，一天一千元的酬劳像是天上掉下来的礼物，那种得了便宜还可以卖乖的福利，因为验完票之后，可以偷偷躲在走道边边上，看着一生可能只有一次机会见到的表演，激动到无法收拾。青春真好。我们飞到了英国，住在火车站边便宜的 B&B，每天赶着只剩站位的火车往返伦敦与 Reading，就为了可以去 Reading Festiva 朝圣，看着化学兄弟在台上的神乎其技，我几乎痛哭流涕，根本无暇顾及已经快要废到炸掉的双脚。在日本的 Fuji Rock，我们一行十六人，为了省钱（音乐节的住宿都超贵的），只订了两间双人房，每间狭小房间挤了八个人，情侣们两人共挤一张迷你单人床，其他所有地面都躺满了人，满室满屋的激情过后的撒隆巴斯①味道，混合了踩在下雨泥巴地的臭袜子味，三天两夜之后还是笑到嘴巴裂开。青春真好。

还有还有，好多在演唱会中，那独有的青春放肆，台北的简单生活节、福隆的海洋音乐节、早年垦丁的春天呐喊，在音乐里面，永远是青春。

我把青春留在 KTV 和海产店里。

二十几岁的青春，总免不了在 KTV 和海产店里留下痕迹。

在那段岁月里，跟一大群哥们儿，一个礼拜有三天在 KTV、另外一天在海产店，也没什么特别的，就是不停唱歌喝酒、挥霍着青春。年轻人就是这么精力旺盛，唱到凌晨、隔天再来，也不是特别爱唱歌，也不是特别爱听歌，就是跟着大家去了。在密闭的包厢里面，看着哥们儿把妹、起哄、胡闹，却也感觉温馨。划拳也没练好、酒量更是没进步，就是像被制约般，持续进行着这样的活动。我爱我那群白痴的哥们儿，他们很呆却很单纯，永远用友情无条件支持着我，不论我的身份地

---

① 一种用来舒缓肌肉酸痛的含药性贴布。

位与成就。这样的执着和傻气，也是曾经的青春。

我把青春留给了你。

我把青春留给了你，其实这不见得是件好事。年轻的我，骄傲任性又自我，很难相处的。现在的我是升级版，跟 3C 产品一样，升级了以后总是比较好。可岁月不等人、缘分捉弄人，我们拥有了彼此的青春，也还算是件好事，留待一辈子慢慢咀嚼。

于是我捡起了一地遗落的青春，还有好多好多，但也足够支撑我接下来的人生，不会太过逊色。

当然也不是都那么水

我把青春
留给了
你

如果要说青春，说实在的，大半是留给了恋爱、留给了你吧。我把所有从小到大对爱情的幻想、那些小说里电影里演的爱情，在最青春的时光里面，以最用力的姿态，送给了你。

那时的你幸运吗？我可一点也不这么觉得，甚至有一点点倒霉吧。只是在那大无畏的年少中，我们莽撞而幼稚的爱，确实为现在身为大人的爱情打下了一些聊胜于无的良好基础。
在一点一滴爱人与被爱的过程中，在每次互相折磨或取悦的泪水与欢笑里面，我们终于开始学习爱情这门功课。爱情，还真不是你爱我、我爱你就足够天长地久的。爱情，总是因爱而始，但可能也因更宏大的爱而终。这些道理，是青春教会我们的事。

是啊，我把青春留给了你，你也把青春给了我，多么公平。
想想那时候的自己，总是一头热地爱着，用我喜欢可你不一定喜欢的方式，霸道地爱着。我们强硬地想把彼此变成彼此想象中完美的人，生活里、思想中、行为上，都有一套"我说了算"的标准。"因为我爱你"和"你是不是不爱我了"这两句话被无限上纲到一切事物反应上，大起大落的剧烈情绪起伏曲线，总是逼疯你也逼疯自己。可那是一种专属于青春的颜色，大力泼洒过的油彩，好像印在身上一辈子都洗不掉。

当然青春也是甜美的。那样牵着手一起对世界的探索，共同累积着所有第一次的新奇经验，每天都充满了未知的惊喜。容易哭也容易笑，容易满足更容易感动，就这么轻易地、毫无防备地把自己交到了彼此手中。那是个不会害怕受伤的年纪，那是个跌倒了拍拍身体可以马上站起来的年纪。那也是个混酒不会宿醉、熬夜两三天还是生龙活虎的青春年少。

只是那时候不懂，为何我们如此相爱，却又如此令对方心碎。那时候也不可能知道，生命自有美妙安排，所有过程像是一块块拼图那样、缺一不可的，拼成了今日的你我。当时的青春，哪里懂得，爱一个人最好的方式，是要用他喜欢的方式让他快乐，让他成为最完整的自己。当时的年少，如何可以了解，爱一个人，就是要欣然接受全部的他，爱一个人，首先要有健全快乐的自我。爱的形式有很多种，爱是拥有更是付出，爱有时也是道别与真心祝福，这是长大了以后体会的

当然也不是都那么水

海阔天空。

嘿，我把青春留给了你，你也把青春留给了我，而现在的我们，是多么美好。

当然也不是都那么水

当然也不是都那么水

这本书里的文字，应该是我有史以来，花了最长时间的一本了。

也不是说真的写了那么多的字，或是多么多么呕心沥血什么的。只是，写着写着，我真的卡住了，不禁开始怀疑，甚至有点退缩了。一向习惯以阳光正面姿态示人的我，开始思考是不是有必要将那些其实一直存在的阴暗、沮丧、脆弱面向拿出来与大家分享。除非除非，自己真的找到解决方法了，或是想通了，这样的过程才会变得有意义。

所以就蒙着头慢慢写，在每一次坏情绪来袭的时候，就先什么也不想地打开电脑，单纯地写下真实感受，随着反复推敲、在键盘上敲打出来的字里行间，好像答案渐渐就会自动浮现了，然后，就OK了。

所以我很喜欢写，当然不是觉得自己多么有文采或什么狗屁才华，而是，后来才感受到，写作对我而言，是一种很好的疗愈方式，通过文字中必须存在的清晰思路，把自己的情绪当成别人的故事来写，很多事也就变得没那么困难了。

当然也不是都那么 OK，是真实过日子的感受。我相信每个人都一样，不论性别年龄、恋爱中或是单身、未婚已婚或是离了婚、有小孩没小孩或是根本不想生小孩，只是我们总是不愿意让别人看到比较不好的那一面，我们总是选择性地表现出一个经过高度设计包装的人生样貌。只是在夜深人静的时候，还是会对那样的粉饰太平，觉得有点辛苦疲惫。

人们常说，接受就是改变的开始。也是渐渐长大之后，发现接受现实生活中的些许不美好，其实也没有什么大碍。记得有位钻研自然疗法多年的好医生曾经跟我这么说："所有事情的发生或改变，都是'好'的改变，即使你现在对于这样的改变感

当然也不是都那么 OK

到痛苦伤心，那还依然是'好'的改变。这个事件的发生，代表着你此刻正需要着这样的转变与过程，来成就你更完整的人生。"当下虽然不甚了解，但仔细思考生命中所有一路走来、牵一发而动全身的蝴蝶效应，现在想起来，都会深深感谢那曾经的不美好。

在这本书完稿之际，得知身边一起工作十几年的亲密伙伴生病的消息，很脆弱地哭了几回。我们同龄也同星座，从二十几岁一起工作至今，她从叛逆少女变成了称职的太太与母亲，我也变成了一个已婚的老妹。我们习惯在每周一次的工作空当里，分享着生活当中不为人知的、快乐或悲伤的小故事，还昵称互为彼此的心事树洞。常常我看着她，心想着每个人的人生真的好不一样，即便是一块儿并肩地在这个工作环境中长大成熟了，还是会走向不同的路。我有时羡慕她踏实又单纯生活的美好，她有时也向往我的自由和无拘无束，我们像是一体两面的一头母狮子，在对方的生活细节中，仿佛找到了自己欠缺的另一块。当然也不是都那么 OK 啊，生病了之后还有漫长而艰辛的治疗要面对，就算有再多朋友加油打气，最终还是得打一场很寂寞的仗。那天，她红着眼睛跟我说："害怕是一定会的，但是我一定要相信自己会好，相信上天是为了让我变得更好，经过这次，我一定会变成一个更好的人！"我说我知道，因为最终，你一定会很 OK 的。

这本书，写给自己，写给在这世界上跟我一样努力生活、努力爱着的人们，也写给对未来有着无限想象，甚至是担心恐惧的年轻男孩女孩们。就像一位很有智慧的长辈说过的一句话，她说："骑自行车的时候啊，上坡要努力，下坡要开心。"短短两句话，道尽了人生深奥哲学。人生风景，充满美好，认真感受每一个当下，才是最重要的。
当然也不是都那么 OK，只是事过境迁，到头来一切都很 OK。

当然也不是都那么OK

最后，还是要谢谢给我提供精彩故事的身边家人与好朋友们，常常觉得我的生活是因为你们而发着光呢！谢谢我不离不弃的编辑贝莉小姐，永远是最懂得如何用各种方法来让我写出更好文字的贴心编辑，在我卡关难熬的时候陪我一起经历各种坏情绪，在我写作顺利的时候也不忘先陪我喝一杯来大肆庆功，跟我差不多疯狂的疯姐。

还是一句老话，要不是她的坚持与热情，这本书我可能又会写到一半就放弃了。然后，当然要谢谢一直陪在我身边的大个儿，一起走了十年不容易，接下来我们还有好多好多个的十年，要继续努力的，牵着手一起走下去喔！

谢谢你们留出了一些时间，看完了这本书，也希望从此之后，我们的人生可以活得更加豁达与自在。

图书在版编目（CIP）数据

当然也不是都那么OK/路嘉怡著.—武汉：武汉大学出版社，
2016.1（2019.8重印）

ISBN 978-7-307-17375-0

Ⅰ.当… Ⅱ.路… Ⅲ.散文集－中国－当代 Ⅳ.I267

中国版本图书馆CIP数据核字（2015）第295068号

中文简体字版©2015年，由武汉大学出版社出版。

本书由启动文化•大雁文化事业股份有限公司正式授权，经由CA-
LINK International LLC代理，由武汉大学出版社出版中文简体字版
本。非经书面同意，不得以任何形式任意重制、转载。

责任编辑：刘汝怡　　　责任校对：林方方　　　版式设计：刘小静

出版发行：**武汉大学出版社**　　（430072　武昌　珞珈山）

（电子邮箱：cbs22@whu.edu.cn 网址：www.wdp.com.cn）

印刷：阳谷毕升印务有限公司

开本：880×1230　　1/32　　印张：8　　字数：180千字

版次：2016年1月第1版　　2019年8月第3次印刷

ISBN 978-7-307-17375-0　　定价：45.00元